2022全国两会

记者会实录

新华社中央新闻采访中心◎编

人民出版社

目录
CONTENTS

李克强总理答中外记者问

（2022 年 3 月 11 日）

　　十三届全国人大五次会议 11 日上午在人民大会堂举行记者会，国务院总理李克强应大会发言人张业遂的邀请出席记者会，并回答中外记者提问。

记者会开始时,李克强说,感谢记者朋友们在中国两会期间为报道所作的努力、付出的辛劳。因为疫情关系,我们继续以视频连线的方式开记者会。我愿意回答记者朋友们提出的问题。

李克强:高水平上的稳,实质上就是进

美国联合通讯社记者:中国经济正在逐渐从高速增长向着可持续的、公平的以及绿色的增长转型,我们看到去年中国政府采取了一系列措施降低债务水平、监管高技术企业。今年中国政府制定了不少经济学家认为是颇具雄心的5.5%的增速目标,这是在面临新冠肺炎疫情继续蔓延以及乌克兰冲突的情况下制定的目标。我想问的是,这是否意味着中国政府今年将更加重视增长?把增长摆在结构性改革以及减少碳排放之前?中国政府将如何平衡这些不同的发展目标?关于乌克兰问题,中国与欧洲的重要经贸关系在中国应对此危机中处于什么位置?中国是否担心会因为目前对于危机的处理影响到与欧洲的良好关系,甚至影响中国自身经济的发展?

李克强:你提到中国的经济增速,去年我们经济总量已经达到110多万亿元人民币,继续增长可以说是在高基数上的增长。从世界范围来看,这么大的经济体要保持中高速增长,本身就是很大的难题。刚才你提到我们今年确定5.5%左右的经济增长目标是个雄心勃勃的目标。我还记得,去年就是在这个记者会上,有记者问我,说你们定 6% 以上,这个目标是不是低了? 我们不是没有感到,因为上一年基数低,去年完全有可能实现 8% 乃至于更高的增长,但是我们还是确定增长 6% 以上,"以上"是开了口子,乐见其成。但是我们宏观经济政策的标杆是按照 6% 来确定的,也就是说财政、货币、就业等政策都要围绕着这个标杆进行,这就使得我们降低了赤字率,宏观杠杆率稳中有降,这也为今年应对新的挑战预留了政策空间。

回想 2020 年,我们在那么严峻的形势下,没有搞"大水漫灌"超发货币,去年乃至到今年 2 月份,在世界许多国家通胀居高不下的情况下,我们的居民消费价格,也就是 CPI 涨幅不到 1%,这不能不说和我们实施的合理宏观政策有关。当然,刚才我讲的,我们制定宏观政策是从中国国情实际出发的,没有评价其他国家的意思。

去年,在以习近平同志为核心的党中央坚强领导下,经过全国人民的共同努力,我们不仅完成了全年经济社会发展的主要目标任务,而且为今年打下了坚实基础。今年经济确实遇到了新的下行压力和挑战,且不说各种复杂环境在变化,不确定因素增多,就是我们本身要实现 5.5% 的目标,它的增量,也就是中国百万亿元量级以上 GDP5.5% 的增量,就相当于一个中等国家的经济总量。10 年前我们经济总量还是 50 多万亿元,增长 10%,增量有六七万亿元就可以了,而今年得要有九万亿元名义 GDP 的增量。这就好像登山,如果你要登 1000 米的山,想爬 10%,那 100 米就可以;如果你要登 3000 米的山,想上 5%,那就是 150 米。而且条件也变了,越往上气压越低、氧气越少,看似速度放缓了,实际上分量更重。

实现 5.5% 左右的增长,这是在高水平上的稳,实质上就是进,是不容易的,必须有相应的宏观政策支撑。比如财政政策,今年我们降低赤字率到 2.8%,赤字比去年少了 2000 多亿元。但与此同时,我们加大了财政支出的力度。那你们会问,钱从哪里来? 我在政府工作报告当中已经说了,我们这两年可用未用、结存的中央特定金融机构和专营机构的利润,再加上财政预算稳定调节基金,新增支出规模不小于 2 万亿元,而且增加的规模主要用来减税降费,特别是退税,这相当于给登高山的人输氧。当然,我们还有配套的金融、就业等多项举措。

我们今年采取的举措不仅是应对短期的,也是立足当前、着眼长远的,决不预支未来,是可持续的。正像记者朋友提到的,中国还有应对气候变化、收入差距、债务等众多问题,这些都需要我们在中长期过程中,包括今年有力地应对。有关方面的措施我们都在安排部署。中国现代化还是一个长期的过程,我们需要在这个过程当中用发展的办法来解决发展中的问题。

你刚才提到乌克兰局势。当前乌克兰局势世人瞩目，中方也深感担忧和痛惜，真诚地希望乌克兰局势能够得到缓解，早日回归和平。中国始终奉行独立自主的和平外交政策，发展双边关系从不针对第三方。我们将本着相互尊重、互利共赢的精神，同各方发展合作关系，为世界提供更多的稳定性。

李克强：支持和鼓励一切有利于和平解决危机的努力

英国路透社记者：俄罗斯对乌克兰发动袭击以来已经造成200万难民，数百名平民死亡，人们对核态势升级前景也感到担忧，但中方一直没有对俄的行为进行谴责，或者将其称之为"入侵"，是否不论怎样中方都不会对俄进行谴责？在俄罗斯面临制裁的情况下，中方是否会进一步对俄罗斯提供经济、金融支持？是否担心这样做会受到来自其他国家制裁的负面影响？

李克强：我刚才说了，中国从来都是奉行独立自主的和平外交政策。关于乌克兰局势，中方主张各国主权和领土完整都应该得到尊重，联合国宪章宗旨和原则都应该得到遵守，各国合理安全关切也应该得到重视，中方据此作出我们自己的判断，并愿意和国际社会一道为重返和平发挥积极作用。

当前的乌克兰局势确实令人担忧，应当尽最大努力支持俄乌双方克服困难进行谈判，谈出和平的结果，一切有利于和平解决危机的努力我们都支持和鼓励。当务之急要避免紧张局势升级甚至失控，国际社会和各方对此都是有共识的。

中方呼吁保持最大限度的克制，防止出现大规模人道主义危机。中方已经提出应对乌克兰人道局势的倡议，并将继续向乌方提供人道主义援助。

当前世界经济因受疫情冲击等影响已经很艰难了，有关制裁会对世界经济复苏造成冲击，对各方都不利。中方愿为维护世界和平稳定、促进发展繁荣作出自己建设性努力。

美国消费者新闻与商业频道记者：国家金融与发展实验室有关研究显示，降费对于小企业的帮助是最大的，减税次之。您能否与我们分享关于减税降费影响的具体数据？另外，由于房地产市场发展速度的放缓，地方政府财政有所减少，对这方面有什么考虑？还有就是涉及消费方面，政府会考虑采取发放消费券等类似的政策措施吗？

李克强：减税降费最直接、最公平、最有效率

李克强：结论是要有理论和实践支撑的。从我们这几年的实践看，减税降费效果最直接。我记得去年到东部地区和十几位企业家交谈，他们谈到了企业运行中的困难，希望国家再出台一些宏观支持政策。我当时就说，中央政府的政策储备是有的，但需要集中使用。有三项选择，但只能做选择题，就是三选一。一是大规模投资，也许你们可以得到订单。

二是发放消费券,可能会直接刺激消费。三是给企业减税降费,稳就业、促投资消费。他们沉默一会儿,几乎异口同声地回答,我们选择第三项。因为这是最直接、最公平、最有效率的。从今年我收到的有关报告看,普遍把减税降费作为对政府宏观政策的第一期待。看来,施肥还得要施到根上,根壮才能枝繁叶茂。

我在材料上也看到,有人担心减税降费实施几年了,边际效应是不是已经递减了,也就是说作用不像以前那么大了。这次我们实施的大规模减税降费是退税和减税并举,规模 2.5 万亿元。在 2020 年经济受冲击最严重时,我们也就是这么大的政策规模,最终挺过来了,而且我们这次调整了结构,把退税顶在前面。所谓退税,就是按照增值税税制的设计,对市场主体类似于先缴后返的税额,我们采取提前退税的办法,就是一次性把留抵的税额退给企业,规模 1.5 万亿元以上。如果效果好,我们还会加大力度。

我们退税优先考虑小微企业,因为小微企业量大面广,支撑的就业人口多,而且现在是他们资金最紧张、最困难的时候,所以我们要在今年 6 月底以前,把小微企业的存量留抵税额一次性退到位,把制造业、研发服务业等一些重点行业的留抵税额在年内全面解决,对小微企业的增量留抵退税逐月解决。我在政协参加讨论的时候,一位政协委员是企业家,他就告诉我,相比其他减税降费和投资等措施,退税效果来得最快、来得最好。跑个项目可能有很多周折，退税等于是给企业直接发现金、增加现金流，是及时雨。看来，说破千言万语，不如干成实事一桩，一定要把这项关键性措施落到位。

减税降费是在做减法，但实质上也是加法，因为今天退，明天就是增，今天的减，明天就可能是加。去年新增纳税市场主体交的钱，超过了我们当年减税的钱，这是有账可查的。从2013年我们实施增值税改革以来，以减税为导向，累计减了8.7万亿元，当时我们的财政收入大概11万亿元，去年已经突破了20万亿元，增加了近一倍。因为企业在这个过程中受益了，效益增加了。可谓水深鱼归、水多鱼多，这是涵养了税源，培育壮大了市场主体。

刚才你说到地方财政收入遇到新的困难，我们注意到了。所以今年中央对地方的转移支付增幅是多年来少有的，增长18%，总规模达到9.8万亿元。退税主要是中央财政掏腰包，当然地方政府也得"凑份子"。我们退税的钱是直达企业，考虑到基层的困难，我们对基层的转移支付补助资金是直达市县以下基层。地方政府要当"铁公鸡"，不该花的钱一分钱也不能花，该给市场主体的钱一分都不能少，多一分那是添光彩。

凤凰卫视记者：去年以来，香港特别行政区先后进行了选举委员会选举以及第七届立法会选举，今年还要举行第六

李克强：充分理解和支持特区政府

任行政长官选举。一方面是实行新的选举制度，另外一方面现在香港疫情还没有出现好转的迹象，大家非常关注这场选举。请问总理对此如何评价？

李克强：当前香港新冠肺炎疫情形势严峻，特区政府依法决定推迟第六任行政长官选举，集中精力抗疫，我们充分理解和支持。中央政府每天都在关注着香港的疫情，十分惦念香港市民的生命健康和安全。特区政府要负起抗疫的主体责任，中央政府会全力支持香港抗疫。

我们将全面准确、坚定不移地贯彻"一国两制"、"港人治港"、高度自治方针，特区政府换届将严格依照基本法相关规定进行。希望特区政府团结带领香港各界人士继续发展经济、改善民生，巩固好、提升好香港国际金融、贸易和航运三大中心地位，保持香港长期繁荣稳定。

李克强：就业是民生问题，也是发展问题

中央广播电视总台记者：当前，我们看到了一些企业预期不稳，部分行业岗位缩减，还有的企业出现了裁员。另外一方面，新的需要就业的人口又在不断增加。请问总理，今年我们将会采取什么样的措施实现稳就业的目标？

李克强：就业不仅是民生问题，也是发展问题。有就业才有收入，生活有奔头，也为社会创造财富。我记得去年到企业调研时，有企业负责人跟我说，到了8月份，许多职工向他预支工资,为什么? 9月份孩子要交学费。春节前我到西北农村调研,一位农民就告诉我,他一个孩子上大学,一年得花费一万多块钱,还有一个上高中,一年得8000多块钱,靠种几亩地是不行的,必须有打工的收入。我真是为我们的人民群众感动。他们在努力打拼,打工、就业不仅关系当前家庭生计,也在为下一代争取更好的未来。

今年我们加大宏观政策实施力度,财政货币政策要围绕实现就业目标来展开,所以我们强调就业优先也是宏观政策,其他政策要配套,为实现就业目标努力。我们现在每年新增城镇就业必须有1100万人以上,最好有1300万人以上。我总觉得,只要实现了比较充分的就业,就能够实现有些人说的中国经济潜在增长率。有一个实例,2020年疫情严重冲击的时候,我们没有定经济增长指标,但是我们定了一个明确的指标,就是新增城镇就业要900万人以上,结果实现了1100万人以上的新增城镇就业,经济不仅实现了正增长,而且增速达到2.2%,在主要经济体中是唯一实现正增长的。

今年需要就业的城镇新增劳动力达到约1600万人,是多年来最高。高校毕业生1076万,是历年最高。还有近3亿农民工要有打工的机会,还要保障退役军人就业。还有一些企业生生死死,有些人要再就业。城镇新增劳动力是在增长的,要有新的就业平台。对于新增需就业人员,我们要给他们以培训等多方面支持举措,用市场化的方法来解决就业问题。比如这些年我们在推动大众创业、万众创新,促进发展新技术新业态新模式,培育新动能。我们相信普通人有上上智,把他们的特长、聪明才智发挥出来,那就业的大舞台会绚丽多彩。

这里还不得不提到灵活就业,因为这方面有 2 亿多人,形式多样、覆盖面广。作为一个发展中国家,这种就业形式会比较长期地存在。他们风里来、雨里去,确实很辛苦,很多地方在给他们提供暖心服务。针对他们的劳动权益、社会保障等问题,政府要逐步完善政策,也就是说要给这些"骑手"们系上"安全带",让灵活就业等新就业形态既解燃眉之急,又激发市场活力和社会创造力。

李克强:努力为世界回归正常共同创造条件

西班牙埃菲社记者:疫情发生已经两年了,在过去两年当中,中国基本是"关闭"。中方现在是否考虑将目前的"动态清零"疫情防控政策变得更加可持续?是否有一个向世界"开放"的路线图?

李克强:新冠病毒是人类共同的敌人,传播两年了,病毒一直在变异,一些规律还需要深入研究,相应的像疫苗保护、有效药物研发等也需要加强。国际社会当前还是要团结合作、守望相助,相互之间多一些理解和包容,努力为世界回归正常共同创造条件。

中国一直统筹疫情防控和经济社会发展,积极推动国际

交往合作,我们会根据疫情的形势变化和病毒的特点,使防控更加科学精准,保障人民生命健康,保障正常生产生活秩序,保障产业链供应链的安全。

疫情发生以来,我多次与国际组织负责人、跨国公司负责人、企业家对话,他们都希望保证必要的商务往来。我们已经开通了"快捷通道"和"绿色通道",对一些关键环节的企业和项目,保障他们正常的生产经营。我们会不断地积累经验,及时应对可能发生的变化,逐步使物流、人流有序畅通起来。

李克强:"放管服"改革为市场主体改良生长土壤

新华社记者:这些年,我国的营商环境虽然有所改善,市场主体大幅增长,企业办事也方便了许多,但各种干扰仍然不少。请问在当前情况下,政府在优化营商环境、激发市场活力和创造力方面还会做哪些努力?

李克强:近 10 年,国务院每年都要召开一次全国性的推进"放管服"改革、优化营商环境的会议。我也注意到,今年一开年,许多地方都围绕改善营商环境的主题来开会。可以说,"放管服"改革是为市场主体改良生长的土壤,减税降费是为他们施肥浇水,大众创业、万众创新是要推动更多的市场主体生根发芽。只要我们把人民的创造力发挥出来,把市场主体的活力激发出来,大家可以想象经济的生动局面。但政府必须进行刀刃向内的改革,不能让政府部门围绕着自己的权力在转,而要通过改革,让市场主体层出不穷、生机勃勃。

触动利益是比触动灵魂要难的。但政贵有恒,这些年我们持续推进市场化改革、推进"放管服"改革,有 1000 多项行政许可被下放或取消,非行政许可退出历史舞台。过去办企业拿执照要几十天的时间,多的要上百天,现在在全国范围内平均 4 天,最少的地方 1 天。现在大约 9 成的政务服务是网上办、掌上办、异地办、不见面办。实际上这是在打破利益的藩篱、突破了传统思维。惠企利民的措施我们会继续推进下去。

这些年通过营商环境不断改善,我国市场主体已经达到 1.5 亿户,比 10 年前净增了约 1 亿户,主要是民营市场主体,其中个体工商户达到 1 亿户。可不要小看个体工商户,他们一头连着众多人的生计,一头连着大众的消费。我在政协参加讨论时,那些企业家就说,如果没有小微企业和个体工商户打通"微细血管",大中企业甚至国企央企都动不起来。

大家到经济发展好的地方看一看,那里都是改革力度大、营商环境好、市场主体多,所以经济蓬蓬勃勃。当然,我多次强调,"放""管"是并行的,"放"不是放责,"管"是政府必须履行的职责。"放"也不是放任,对那些假冒伪劣、坑蒙拐骗等行为要坚决打击,尤其是对一些涉及人民生命健康和群众利益的,像食品药品、安全生产、金融等领域,要加强监管,违规违法的必须受到惩处。现在新业态新模式也在不断变化发展,我们要不断完善监管规定和方式,使市场主体真正在公平公正的环境中竞争和发展。

李克强:中美互相打开大门就不应再关上

美国彭博社记者:50 年前,美国总统尼克松对中国的访问开启了美国对华接触的时代,去年拜登政府宣布这一时代已经结束,美中两国现在正进入激烈竞争的时期。您是否同意这一评价? 禁止在华销售美国的半导体以及禁止中国企业在美上市这样的情形会不会变得越来越常见呢?

李克强:50 年前,中美两国打破坚冰,开启了关系正常化航程。半个世纪过去了,两国关系虽然时有磕磕碰碰,但一直是向前发展的。我们还是希望,双方按照两国元首去年年底视频会晤达成的共识,相互尊重、和平共处、合作共赢,以理性和建设性的方式妥善管控分歧,尊重彼此的核心利益和重大关切。还是要多对话、多沟通。既然双方互相打开了大门,就不应再关上,更不能"脱钩"。

中美是联合国安理会常任理事国,也是世界上最大的发展中国家和最大的发达国家。处理好彼此的关系,事关两国人民的福祉。当前不少全球性的挑战都需要中美两国开展合作、共同应对。应该说,中美合作对两国、对世界都有益。

当然,中美两国社会制度、历史文化、发展阶段都存在着很大的差异,有分歧也是难免的。但我们认为,合作应当是主流,因为世界和平与发展依赖于合作。即使我们在经贸领域有市场竞争,那也应该是良性、公平的竞争。去年,两国贸易额超过 7500 亿美元,比上年增长了近三成。这说明什么?中美合作领域是广阔的,是有巨大潜力的。如果美国放宽对中国的出口限制,双边贸易额还会更大,两国和两国人民都会从中受益。中方愿同美方一道择宽处行,谋长久利。

中国新闻社记者:这两年受疫情冲击,我们发现以前有一些经常去的小吃店、小餐馆关门之后就没再开业,包括餐饮在内,旅游、零售、客运等行业也受到很大影响。政府工作报告提出要稳市场主体保就业。请问总理,在帮助特殊困难行业方面,今年我们将拿出哪些举措?

李克强:不仅要挺过去,还要生活有温度、经济有生机

李克强:疫情发生后,受冲击最大的是服务业,特别是接触型的服务业,其中量大面广的是中小微企业。他们底子本来就薄,而且可以说是精打细算、日清月结地经营,很多困难积累起来让他们难以支撑。帮助他们实际上也是支撑就业,因为仅 1 亿个体工商户就带动了近 3 亿人的就业,如果等苗枯旱透根了,再帮他们就来不及了。所以我们一定要看到"秤砣虽小压千斤",得给他们及时的扶持。

对这些特殊困难行业,我们已经出台了 40 多项扶持政策。仅退税这一项,粗算一下,像餐饮、旅游、客运、文化等几个行业就能够享受 1800 亿元。他们不仅需要财政的支持,对

那些市场前景好的,金融业也要给予"无缝续贷"。而且对他们需要阶段性减免房租、电费的,有能力的地方也应该给予支持,这实际上也是业主在拉住客户。

当前,消费需求的确比较疲弱,主要是线下消费需求疲弱。大家可以想象,市井长巷店铺林立、热气腾腾,那就是熙熙攘攘的人间烟火。如果关门了,那可不是大吉,老百姓生活都会受到影响。所以我们扶持这些特殊困难行业,不仅是让他们挺过去,也是让人民群众的生活有温度,让我们的经济能够显示更多生机。

李克强:坚持一个中国原则和"九二共识"

台湾东森新媒体记者:在疫情持续蔓延、两岸关系不确定不稳定性增加的情况下,请问大陆方面将如何应对台海局势,维持并且增进两岸民众的福祉?

李克强:我们的对台大政方针是明确的,我在政府工作报告中已经作了表述,就是坚持一个中国原则和"九二共识",坚决反对"台独"分裂行径,推进两岸关系和平发展和祖国统一。

两岸同胞说到底是一家人,手足亲情任何时候是割不断的,我们愿意继续同广大台湾同胞分享发展机遇,对来大陆发展的台湾同胞提供同等待遇,为他们办实事、解难事。只要两岸同胞和衷共济、团结向前,就一定能够推动两岸关系和平发展,共享中华民族复兴的福祉。

新加坡《联合早报》记者：今年是本届中国政府的收官之年。回顾过去4年多的历程，您认为本届政府取得的成绩有哪些？遇到的最大挑战又是什么？在本届政府的最后一年里，中国经济面临着前所未有的压力，您将重点实施哪些政策，以更好地稳定社会信心、回应民众的关切？

李克强：以民之所望为施政所向

李克强：本届政府以来，国际形势复杂多变，国内矛盾和困难叠加。说到最大的挑战，那还是新冠肺炎疫情及其给经济带来的严重冲击。我们志不求易、事不避难、行不避险，尽了最大努力。

记得我出任总理时在这里召开第一次记者会，也就是在这个大厅里边，就明确表明，要持续发展经济、不断改善民生、促进社会公正，这是我们政府的基本任务，行大道、民为本、利天下，就是要以民之所望为施政所向。这些年，我们锲而不舍、一以贯之，创新施政方式，用保持经济运行在合理区间等方式来应对周期性的经济波动，尤其是宏观政策的实施直面市场主体的需求；坚定推进改革，简除繁苛，维护公正，培育和壮大市场主体和新动能，激发市场活力和社会创造力；坚持就业优先，把握国情实际，注重保障基本民生，等等。政府工作有人民群众认可的地方，也有与他们的期盼有差距和不足的地方，这些我们是清楚的。

至于你说到今年是本届政府的最后一年，也是我担任总理的最后一年。我们所面临的形势依然复杂严峻,困难和挑战依然众多,我在政府工作报告和刚才回答问题中已经对应对困难挑战作了说明和阐述。我和我的同事们,会以锲而不舍的精神恪尽职守,用实干来践行承诺。

我相信,在以习近平同志为核心的党中央坚强领导下,有社会各界的大力支持,特别是人民群众的共同奋斗,中国经济一定能够爬坡过坎,实现今年经济社会发展的主要目标任务,并为以后的发展奠定应有的坚实基础。

李克强:发展经济的目的是保障和改善民生

《人民日报》记者:近年来,我国居民人均收入逐年提高,但还是有不少人仍然感觉到生活不易,特别是新冠肺炎疫情对基本民生带来了较大影响。请问总理,今年政府在改善民生方面会有什么考虑和举措?

李克强:这些年,我国居民的收入和 GDP 增长是基本同步的。但是中国依然是一个发展中国家,我们的城乡差距是明显的,公共服务要均等化是一个长期的过程。今年年初,有关方面给我递了反映民生十盼的材料,我看多数都是基本民生,而且多数来自农民群众。所以政府要始终把发展经济的目的放在保障和改善民生上,当然,是尽力而为、量力而行。

我国现在财政总收入已经有 20 万亿元了,但并不宽裕。连续 10 年了,我们尽力保证财政性教育经费不低于 GDP 的

4%,这是很不容易的,而且主要是面向义务教育、面向农村,因为我们农村的户籍人口现在还有7.6亿,还要进一步加大向农村和边远地区义务教育的投入力度。另一方面,我们已经建立了面向14亿多人的、可以说世界上最大的基本医保网,但水平还不高,所以这方面今年财政补助标准人均又增加了30元。我们建立了大病医保的制度,拿基本医保去购买商业大病保险的经办服务,这样使得一些病种在有些地方能报销到30万元到50万元,高的地方还有不封顶的。总体上城乡居民看病的报销比例能够达到70%,随着国力的增加还会逐步提高。特别是要巩固脱贫攻坚成果,对因病返贫、因大病致贫的要予以特殊的支持帮助。

基本民生和日常生活息息相联,现在我们跨省流动的人口超过1个亿,他们异地就业、养老、就学,办有些事往往要来回跑,"跨省通办"已经成了新刚需。我们今年要实施一项新政策,就是把人们常用的身份证电子化,也就是说你办有关事项,拿着手机一扫码就可以了。当然,我们也要为那些不用智能手机的人特别是老年人提供便利,还要保障公民的信息安全和隐私。

保障基本民生既要用力量力,更要用心,要坚持实事求是,让事实说话,要倾听人民群众的呼声和要求。民生问题联系着民情、民意甚至民心,政府的职责就是要顺应民心,给人民排忧解难,让人民过上好日子。

这里我还要强调一点，保障人民群众的合法权益。这是人民政府必须扛在肩上的。最近，有的地方发生了严重侵害妇女权益的事件，我们不仅为受害者痛心，也对此事十分气愤。对漠视群众权益的，要坚决追责问责，对那些拐卖妇女儿童的犯罪行为要严厉打击、严惩不贷。保民安和惠民生是不可分割的，各级政府一定要把尽力惠民生、尽力保民安作为自己的基本职责。

李克强：共同富裕要共同奋斗，对外开放不会改变

日本共同社记者：中国政府表明正朝着共同富裕的目标迈进，提出为了防止资本的无序扩张要设置"红绿灯"，特别是加强了对互联网企业的监管。但是外国资本则担心因为共同富裕的目标，中国政府会不会进一步加强对企业行为的限制？请问中方看法如何？有方法降低投资者的忧虑吗？

李克强：我们说共同富裕，那是要共同奋斗的。对外开放政策，中国没有变也不会变，而且我们的外商投资法都有明确规定，要说变只会向有利于扩大开放、有利于投资贸易的方向发展。

外商来华发展了自己，也给我们带来了投资、销售渠道，带来了我们需要的商品，对大家都有利，我们为什么要限制呢？刚才我讲到"放管服"改革，就是强调要简政放权、放管结合、优化服务，反对垄断和不正当竞争，防止资本无序扩

张,目的还是要给依法经营的企业撑腰打气,确保各类所有制企业、内外资企业一律平等发展、公平竞争。当然,也希望企业在发展当中都是规范、健康的。

中国太大,你要找个案都能找得到。但是从总体上看,中国经济已深度融入世界。中国货物进出口总额占 GDP 的比重已经超过三分之一,现在进口对工业的综合影响度超过 70%,我们连续 10 年稳居全球第二大进口市场,而且连续 5 年成为全球货物贸易的第一大国。当然,总体上我们还处于产业链由中低端向中高端迈进的过程中,但这也表明产业和消费都在升级,市场潜力大,各类投资都有很大空间。

相关国家和我们共同签署了区域全面经济伙伴关系协定,也就是 RCEP,今年正式实施,这可以说是世界上最大的自贸区。我们会利用这一契机,继续推进自由贸易,对国企、民企、外企一视同仁,继续把中国打造成全球外商投资的热土。

我明确地告诉大家,无论国际风云如何变幻,中国都会坚定不移地扩大开放。长江、黄河不会倒流。中国这 40 多年,从来都是在改革中前进、开放中发展。只要是有利于扩大高水平开放的事情,我们都愿意积极去做,而且要坚定地维护多边贸易体制,这也是我们自身发展的需要。

中国对外开放 40 多年了,发展了自己,造福了人民,也有利于世界。这是个机遇的大门,我们决不会、也决不能把它关上。

　　记者会采用网络视频形式进行,主会场设在人民大会堂三楼金色大厅,分会场设在梅地亚两会新闻中心。记者会历时约 130 分钟。

李克强总理答中外记者问完整视频

十三届全国人大五次会议

记　者　会

十三届全国人大五次会议新闻发布会

（2022 年 3 月 4 日）

十三届全国人大五次会议大会发言人张业遂

　　十三届全国人大五次会议 4 日中午在人民大会堂新闻发布厅举行新闻发布会，由大会发言人张业遂就大会议程和人大工作相关问题回答中外记者提问。为有效防控疫情，共同维护公共卫生与健康，新闻发布会采用网络视频形式进行。

　　3 月 4 日中午，十三届全国人大五次会议新闻发布会在人民大会堂新闻发布厅举行，大会发言人张业遂就会议议程和人大有关工作回答中外记者提问

主持人：媒体朋友们，大家好！十三届全国人大五次会议新闻发布会现在开始。

刚才，大会主席团第一次会议指定张业遂先生为大会发言人。现在请大会发言人发布大会议程和有关安排，并就大会议程和人大相关工作回答大家的提问。

张业遂：女士们、先生们，各位媒体朋友，欢迎大家采访十三届全国人大五次会议。刚才，大会预备会议通过了大会议程，十三届全国人大实有代表 2951 人，目前已有 2801 人向大会报到。大会的各项准备工作已全部就绪。

2021 年是党和国家具有里程碑意义的一年，也是人民代表大会制度历史上具有重大意义的一年。党中央首次召开人大工作会议，习近平总书记发表重要讲话，党中央印发《关于新时代坚持和完善人民代表大会制度、加强和改进人大工作的意见》，为做好新时代人大工作指明了方向、提供了遵循。一年来，在以习近平同志为核心的党中央坚强领导下，全国人大及其常委会依法履职，担当尽责，各方面工作取得新成效、新进展。

即将召开的十三届全国人大五次会议，是在我国进入全面建设社会主义现代化国家、向第二个百年奋斗目标进军新征程的重要时刻召开的一个重要会议，是我国人民政治生活中的一件大事。大会将以习近平新时代中国特色社会主义思想为指导，紧紧围绕党和国家工作大局，认真履行宪法和法律赋予的职责，完成大会各项任务，将大会开成一个民主、团结、求实、奋进的大会。这次大会将于 3 月 5 日上午开幕，11 日上午闭幕，会期 6 天半。

十三届全国人大五次会议新闻发布会在人民大会堂新闻发布厅举行

参会记者在梅地亚中心多功能厅采访

大会议程共有 10 项：第一项，审议政府工作报告；第二项，审查计划报告及草案；第三项，审查预算报告及草案；第四项，审议《中华人民共和国地方各级人民代表大会和地方各级人民政府组织法（修正草案）》的议案；第五项，审议《第十三届全国人民代表大会第五次会议关于第十四届全国人民代表大会代表名额和选举问题的决定（草案）》的议案；第六项，审议《中华人民共和国香港特别行政区选举第十四届全国人民代表大会代表的办法（草案）》的议案；第七项，审议《中华人民共和国澳门特别行政区选举第十四届全国人民代表大会代表的办法（草案）》的议案；第八项，审议全国人民代表大会常务委员会工作报告；第九项，审议最高人民法院工作报告；第十项，审议最高人民检察院工作报告。大会将以网络视频的方式组织新闻发布会、记者会、"代表通道"、"部长通道"等采访活动。大会新闻中心网页将向中外记者提供有关会议文件、报道素材、采访联络等服务。各代表团设立新闻发言人，代表团驻地设立大会新闻中心视频采访室，积极支持代表接受视频采访，并就会议有关议题参与网络访谈、社交平台直播等，与网民互动。大会将采取必要措施，做好新冠病毒疫情防控工作。大会将严格贯彻落实中央八项规定及其实施细则精神，不断深入改进大会组织服务工作，坚持勤俭节约，反对铺张浪费，树立简朴务实的会风。预祝大家工作顺利。

中央广播电视总台央视记者：我们注意到，过去一年，全国人大及其常委会新制定的法律就有 17 件。想请问发言人，您如何解读过去一年的立法工作？立法节奏这么快，会不会影响到立法质量？如何真正做到以良法促进发展、保障善治？

张业遂：在过去的一年中，全国人大及其常委会围绕党和国家事业发展需要，加强重点领域、新兴领域、涉外领域立法，坚持科学立法、民主立法、依法立法，在立法提速的同时，更加注重提升立法的质量和立法的社会效果。

在加强宪法实施和监督方面，主要是全面修改香港基本法附件一和附件二，形成一套符合香港法律地位和实际情况的民主选举制度，维护宪法和香港基本法确定的香港特别行政区宪制秩序，确保"一国两制"行稳致远；制定监察官法，为正确行使监察权提供法律保障。

在贯彻新发展理念、推动高质量发展方面，主要是制定海南自由贸易港法，助力在法治轨道上打造我国开放型经济新高地；制定乡村振兴促进法，为全面实施乡村振兴战略提供坚实法律保障。

在健全国家安全法治体系方面，主要是制定反外国制裁法，完善反制裁、反干涉、反制"长臂管辖"的法律制度；制定陆地国界法，依法规范陆地国界管理制度；制定数据安全法，有效应对这一领域的国家安全风险与挑战。

在加强民生和社会领域立法方面，主要是制定反食品浪费法，杜绝"舌尖上的浪费"；制定个人信息保护法，对过度收集个人信息、"大数据杀熟"等作出规范；制定噪声污染防治法，有针对性地解决人民群众关心的噪声污染突出问题。

《日本经济新闻》记者：中国"动态清零"防疫政策，毋庸置疑取得了很大成功,但另一方面,由于对出现疫情的地区实行封闭管控,辖区内工厂停产、物流停滞,这些对经济运行的负面影响也不容忽视。中国作为世界工厂,如果在经济运行和物流运输等方面出现问题,将直接对全球供应链产生重大冲击,国际社会对此的担心也在增加。请问,今后中国政府如何在坚持"动态清零"政策与保持经济平稳运行、维护全球供应链稳定之间达成平衡?

张业遂:"动态清零"是在坚持"外防输入、内防反弹"总策略、认真总结经验教训的基础上提出的防控方针。这个方针主要有三个方面的内容:第一,及时主动发现传染源。第二,快速采取公共卫生和社会干预措施,追踪管理密接人员等,切断传播途径。第三,有效救治患者。这个做法的目标是通过快速精准的全链条防控措施,实现以最小成本取得最大成效。"动态清零"不是要追求"零感染",而是要尽快把疫情控制住。

去年以来,中国内地疫情出现多点散发,部分城市采取了一系列防控措施。虽然这些措施对生产生活产生了一些影响,但这些影响是短期的,波及范围也是有限的,它可以保证全国绝大多数地区和绝大多数人正常的生产生活。当然,任何防控措施都会有一些代价,但是同保护人民生命安全和身体健康相比,这些代价是值得的。

事实证明,"动态清零"做法符合中国实际情况,路子是对的,效果是好的。无论是从确诊、死亡的数字看,还是从经济发展的数据看,中国都是世界上防疫工作最成功的国家之一。正是坚持了有力有效的防控措施,中国在保持自身经济社会发展的同时,为维护全球产业链供应链的稳定畅通和世界经济的增长,作出了重要的贡献。

《人民日报》记者:习近平总书记在庆祝中国共产党成立100周年大会上的重要讲话提出,要发展全过程人民民主。请问发言人,全过程人民民主是一个什么样的民主? 中国将如何发展和完善全过程人民民主?

张业遂:全过程人民民主是以习近平同志为核心的党中央在深化对中国民主政治发展规律性认识的基础上提出的重大理念。这个理念有两个关键词,一个是"人民民主",一个是"全过程"。人民民主是社会主义的生命,人民当家作主是社会主义民主政治的本质和核心。中国宪法规定,国家的一切权力属于人民,人民依照法律规定,通过各种途径和形式管理国家事务、管理经济和文化事业、管理社会事务。全过程是全体人民依法实行民主选举、民主协商、民主决策、民主管理、民主监督、保证人民当家作主具体地、现实地落实到国家和社会生活之中。

中国发展全过程人民民主不仅有完整的制度程序,而且有完整的参与实践。中国实行人民代表大会制度的政体,实行中国共产党领导的多党合作和政治协商制度、民族区域自治制度、基层群众自治制度等基本政治制度,巩固和发展最广泛的爱国统一战线,形成了全面、广泛、有机衔接的人民当家作主的制度体系。

以宪法为核心的中国特色社会主义法律体系,包括选举法、代表法、全国人大组织法、立法法、监督法等一系列法律制度安排,为发展全过程人民民主提供了坚实的法律保障。

人民代表大会制度是实现我国全过程人民民主的重要制度载体,各级人大在发展全过程人民民主中承担着重要职责。要在党的领导下,扩大人民有序政治参与,加强人权法治保障,保证人民依法享有广泛权利和自由,保证人民的知情权、参与权、表达权、监督权,落实到人大工作的各方面各环节全过程。要完善人大的民主民意表达平台和载体,把各项工作建立在坚实的民意基础上,推动实现好、维护好、发展好最广大人民的根本利益。

民主不是装饰品,不是用来做摆设的,而是要用来解决人民需要解决的问题的。一个国家民主不民主,实践最有说服力,这个国家的人民最有发言权。实践证明,中国特色社会主义民主政治制度,是根植于中国历史文化、符合中国国情、解决中国问题的真实有效管用的民主。民主是全人类的共同价值。世界上不存在完全相同的民主制度,也不存在适合一切国家的民主模式。民主没有最好,只有更好。我们愿意在相互尊重的基础上,与各国交流互鉴,不断丰富和完善人类政治文明成果。

美国彭博社记者:美国国会刚刚通过了"美国竞争法案",目前正在酝酿通过"美国芯片法案",目的都是要在半导体以及其他一些产业领域增强美国同中国竞争的能力。请问,此类立法对于美中关系有何影响?中国是否将以类似的立法予以回应?

张业遂:我先回答你提问的后半部分内容,就是关于中美双边关系,然后再回答你提问的前半部分内容。去年11月,习近平主席同拜登总统举行视频会晤,就中美关系发展的战略性、全局性、根本性问题以及共同关心的重要问题进行了充分深入的沟通和交流。中方对美政策是一贯和明确的。一个稳定的中美关系既有利于中美各自发展，也有利于维护和平稳定的国际环境，有利于有效应对气候变化、新冠病毒疫情等全球性挑战。相互尊重、和平共处、合作共赢，应该成为新时期中美正确的相处之道。和平共处的关键是相互尊重，包括尊重各自选择的政治制度和发展道路，尊重彼此的核心利益和重大关切，尊重不干涉内政等国际关系的基本准则。合作共赢符合两国和两国人民的根本利益，也是国际社会的期待。

关于你问到的美国国会众院通过的有关竞争法案，我想强调，美国如何提升自身的竞争能力，包括芯片研发和制造能力，是美国自己的事情。但是以中国的发展为借口、将中国作为战略竞争对手的做法，只会破坏中美互信与合作，也必将损害美国的自身利益。我还想再强调一点，以意识形态划线，拉"小圈子"，搞集团对抗，都有悖于时代发展潮流，也根本行不通。

新华社记者：目前中国县乡两级人大换届选举已经接近尾声。人大代表选举有哪些特点？这些代表如何在宪法和法律赋予的职权下，参与国家权力的行使？

张业遂：人民代表大会制度是中国的根本政治制度，各级人大代表是本级人民代表大会的组成人员，代表人民的利益和意志，依法参加行使国家权力。中国共有五级人大代表，都由民主选举产生，每届任期五年。

人大代表选举主要有这样几个特点：一是实行直接选举和间接选举相结合原则。按照上一轮换届选举数据，中国共有各级人

大代表 262.3 万,其中县乡两级人大代表 247.8 万,占代表总数的
94.5%,他们都是按选区由选民一人一票选举产生的。全国、省、
市三级人大代表是间接选举,由下一级人大选举产生。二是具有
最广泛的普遍性。改革开放以来,中国已经进行了 12 次乡级人大
代表选举、11 次县级人大代表选举,选民参选率都在 90% 左右。
目前,全国县乡两级人大换届选举已经接近尾声,有超过 10 亿选
民参加选举。三是具有最广泛的代表性。选举法规定,各地区、各
民族、各方面都要有适当数量的代表,对基层代表特别是工人、农
民、专业技术人员代表,妇女代表、少数民族代表等,都有明确要
求。人大代表有各自的生产和工作岗位,既代表人民参加对国家
事务的管理,又做好本职工作。四是充分体现最广大人民的意愿,
从根本上保证广大选民的选举权利。通过无记名投票、差额选举、
组织代表候选人与选民见面等一系列制度安排,保证选民可以按
照自己的意愿选出信任的人。

俄通塔斯社记者:不久前,欧盟将中国对立陶宛采取的有关经
贸限制措施诉诸世贸组织争端解决机制。请问,中立关系目前是
什么状况? 是否存在中国对立陶宛的"经济胁迫"问题?

张业遂:一个中国原则是国际社会普遍共识和公认的国际关
系准则,是中国同所有国家发展双边关系的政治基础。1991 年,
在中国同立陶宛签署的建交公报中,立陶宛政府承认中华人民共
和国政府是中国的唯一合法政府,台湾是中国领土不可分割的一
部分,明确承诺不和台湾建立官方关系和进行官方往来。去年 11
月,立陶宛政府宣布允许台湾当局设立所谓"驻立陶宛台湾代表

处",这严重违反一个中国原则,违背立方在两国建交时所作的政治承诺。中国政府对此作出坚决回应,是完全正当、必然的。目前两国关系中出现的问题责任完全在立方。

在国际贸易中,中国一向主张尊重世贸组织规则,营造公平竞争的市场环境,从来不歧视任何国家、任何企业,不存在所谓"经济胁迫"问题。关于欧盟在世贸组织提起诉讼,我们认为这不具建设性。我们希望欧盟采取客观公正的立场,不要将中立之间的问题扩大化或上升到中欧关系层面。

新加坡亚洲新闻台记者: 随着新冠肺炎疫情的继续蔓延,许多发展中国家目前还无法获得疫苗,尤其是 mRNA 疫苗。中国一直在向世界各地运送疫苗,同时也在开发自己的 mRNA 疫苗。请问发言人,中方是否有计划进一步与其他国家分享这类疫苗?有没有具体的时间表?这是否也是中国向外开放边境迈出的一步?

张业遂: 疫情暴发初期,习近平主席就郑重宣布,中国新冠疫苗研发完成并投入使用后,将作为全球公共产品。之后,习近平主席进一步提出了全球疫苗合作行动倡议,表示要确保疫苗作为全球公共产品得到公平分配,特别是让发展中国家获益。

我得到的最新数据是,到目前为止,中国已经向 120 多个国家和国际组织提供了超过 21 亿剂疫苗,占中国以外全球疫苗使用总量的三分之一,是对外提供疫苗最多的国家。这 120 多个国家中,绝大多数是发展中国家。中国提供的疫苗为很多发展中国家构筑免疫屏障、恢复社会生活发挥了重要作用,增强了发展中国家抗疫的能力、信心和决心。中国将继续坚持把发展中国家作为疫苗合作的主要伙伴。

近期,习近平主席宣布将再向非洲国家提供 10 亿剂疫苗,其中 6 亿剂为无偿援助,4 亿剂以中方企业与有关非洲国家联合生产等方式提供,助力非洲国家实现非盟确定的 2022 年 60%非洲人口接种疫苗的目标;再向东盟国家提供约 1.5 亿剂的疫苗无偿援助。中国也一直高度重视并积极推动疫苗研发、生产、分配的国际合作。中国的一些企业也同多个发展中国家合作生产并灌装疫苗,同多个发展中国家签署联合生产疫苗协议,初步形成了超过 10 亿剂的年产能。

关于你刚才提到的 mRNA 疫苗,据我了解,国内一些企业正在进行研发,而且取得了积极进展。

香港大公文汇传媒记者:去年全国人大通过了反外国制裁法。请问发言人,制定和实施这部法律的目的是什么?

张业遂:通过立法反制外国制裁、干涉和"长臂管辖",是很多国家的通常做法。中国的反外国制裁法是一部指向性、针对性很强的专门法律,突出的是一个"反"字。中国不惹事,但也不怕事。对那些动辄挥舞制裁大棒的霸凌行径,中国通过反外国制裁法等法律手段,坚定维护国家主权、安全、发展利益,保护中国公民、组织的合法权益。中国一贯主张在坚持和平共处五项原则的基础上,发展同各国的友好关系,一贯反对霸权主义和强权政治。中国的反外国制裁法是应对遏制打压的防御措施,与一些国家的"单边制裁"有本质区别。

主持人：今天的新闻发布会到此结束。谢谢发言人，也谢谢各位媒体朋友！

十三届全国人大五次会议新闻发布会

就中国外交政策和
对外关系回答中外记者提问

（2022 年 3 月 7 日）

国务委员兼外交部长王毅

十三届全国人大五次会议 7 日在人民大会堂举行视频记者会，国务委员兼外交部长王毅就中国外交政策和对外关系回答中外记者提问。

3 月 7 日，十三届全国人大五次会议在人民大会堂举行视频记者会，国务委员兼外交部长王毅就中国外交政策和对外关系回答中外记者提问

王毅：各位记者朋友，大家下午好！很高兴同大家再次见面。对世界来说，今年又是一个充满挑战的年头。新冠肺炎疫情仍未彻底战胜，乌克兰危机又接踵而来，本来就充满不确定性的国际局势变得更加复杂动荡。在这样一个重要时刻，各国需要的是团结而非分裂，是对话而非对抗。作为负责任大国，中国将继续高举多边主义旗帜，同所有爱好和平、谋求发展的国家一道，加强团结合作，携手应对挑战，持续推动构建人类命运共同体，努力为世界开辟光明和美好的未来。下面我愿回答大家的提问。

中央广播电视总台央视记者：北京冬奥会成功举办，这在当前国际形势下难能可贵。国际评论认为，同2008年北京奥运会时相比，今天的中国更加自信、强大。您对此怎么看？

王毅：在中国和国际社会的共同努力下，北京冬奥会取得圆满成功，为世界贡献了一届简约、安全、精彩的奥运盛会，让世界看到了一个更加自信、自强、开放、包容的中国。近70个国家和国际组织的约170位官方代表出席开幕式，以实际行动体现了对中国的支持。在此，我要向所有参与和支持北京冬奥会的各国朋友们表示衷心感谢。

北京冬奥会的成功，不仅是中国的成功，也是世界的成功；不仅是体育的胜利，更是团结的胜利。此次冬奥会，恰逢奥密克戎毒株肆虐、地区热点问题升温，同时还受到少数国家的政治干扰和破坏。但让我们感到鼓舞的是，大多数国家和人民都选择团结在奥林匹克精神之下，为深受疫情困扰的人们注入了希望，为动荡不安的世界带来了信心。

现在,各国运动员正在冬残奥会赛场上努力拼搏。我相信,冬奥期间汇聚起的团结与合作之光必将穿透阴霾和风雨,照亮人类携手前行的未来之路。

英国路透社记者:俄军在乌行动已经扩展到非军事设施,中方是否能作更多努力解决冲突?

王毅:在乌克兰问题上,我们始终本着客观公正态度,根据事情本身的是非曲直,独立自主地作出判断,表明主张。冰冻三尺非一日之寒。乌克兰局势发展到今天,原因错综复杂。解决复杂问题需要的是冷静和理性,而不是火上浇油、激化矛盾。中方认为,要化解当前危机,必须坚持《联合国宪章》宗旨和原则,尊重和保障各国的主权和领土完整;必须坚持安全不可分割原则,照顾当事方的合理安全关切;必须坚持通过对话谈判,以和平方式解决争端;必须着眼地区长治久安,构建均衡、有效、可持续的欧洲安全机制。

当前,国际社会应聚焦两大问题继续努力。

第一,要劝和促谈。中方在这方面已做了一些工作,一直同各方保持密切沟通。冲突发生第二天,习近平主席应约同普京总统通话时,就提出愿看到俄乌双方尽早和谈。普京总统也作出积极回应。俄乌双方已经谈了两轮,希望即将开启的第三轮谈判能取得新的进展。中方认为,形势越紧,和谈越不能停止;分歧越大,越需要坐下来谈判。中方愿继续为劝和促谈发挥建设性作用,也愿在需要时与国际社会一道开展必要的斡旋。

第二,要防止出现大规模人道主义危机。中方愿就此提出六

国务委员兼外交部长王毅就中国外交政策和对外关系回答中外记者提问

参会记者在梅地亚中心多功能厅采访

点倡议：一是人道主义行动必须遵守中立、公正的原则，防止将人道问题政治化；二是全面关注乌克兰的流离失所者，帮助其得以妥善安置；三是切实保护平民，防止乌境内出现次生人道灾害；四是保障人道援助活动顺利、安全开展，包括提供快速、安全、无障碍的人道主义准入；五是确保在乌外国人安全，允许其从乌克兰安全离开，并为其回国提供帮助；六是支持联合国在对乌人道援助方面发挥协调作用，支持联合国乌克兰危机协调员的工作。

中方愿为克服人道主义危机继续作出自己的努力。中国红十字会将尽快向乌克兰提供一批紧急人道主义物资援助。

凤凰卫视记者：国际社会担忧世界再次面临分裂和对抗的风险，形成新的冷战，对此您怎么看？

王毅：当今世界确实很不太平，百年未有之大变局正在一幕幕向我们展开。个别大国为了维护霸权地位，重拾冷战思维，制造阵营对立，进一步加剧了动荡与分裂，让本来就问题缠身的世界雪上加霜。

我们应该怎么办？中方坚定认为，正确的出路就是在多边主义旗帜下加强团结合作，携手推动构建人类命运共同体。正如习近平主席指出，"在全球性危机的惊涛骇浪里，各国不是乘坐在190多条小船上，而是乘坐在一条命运与共的大船上。小船经不起风浪，巨舰才能顶住惊涛骇浪。"

当务之急是维护和平。和平是一切发展的前提和基础。我们要秉持共同、综合、合作、可持续的安全观，摒弃独享安全、绝对安全的想法，坚持通过谈判停止冲突，通过对话解决争端，通过合作增进互信,共同建设持久和平的世界。

第二是促进团结。世界因多样而精彩,差异不应成为对抗的理由。我们要坚持真正的多边主义,倡导全人类共同价值,反对霸权强权,反对集团政治,捍卫以联合国为核心的国际体系,维护以《联合国宪章》宗旨和原则为基础的国际关系基本准则,推动全球治理体系朝着更加公平合理的方向发展。

第三是坚持开放。经济全球化是时代潮流,不以人的意志为转移,也不能被地缘竞争所割断。我们要反对各种形式的保护主义、孤立主义,坚定维护自由、公平、非歧视的多边贸易体制,拆掉"小院高墙",共建开放市场。

第四是加强合作。面对全球性挑战,没有国家可以置身事外,也没有国家可以独善其身。我们必须同舟共济、共克时艰,在应对新冠肺炎疫情、恐怖主义、气候变化、网络安全等全球性问题上加强沟通协调,凝聚最大公约数,画出最大同心圆。

面对动荡变革的世界,中国始终代表着稳定性和正能量,始终站在历史前进的正确方向上。我们将继续胸怀天下、担当尽责,坚定不移地高举和平、发展、合作、共赢的旗帜,推动建设新型国际关系,推动构建人类命运共同体,同世界上一切进步力量一道,合力谋发展,一起向未来。

今日俄罗斯国际通讯社记者:西方对俄罗斯日益增长的集体制裁压力将如何影响俄中关系的进一步发展?

王毅:中俄是联合国安理会常任理事国,也是彼此最重要的紧密邻邦和战略伙伴。中俄关系作为世界上最关键的双边关系之一,我们的合作不仅给两国人民带来利益和福祉,也有利于世界的和平、稳定与发展。

去年,双方共同纪念《中俄睦邻友好合作条约》签署 20 周年。在日趋复杂的国际战略环境下,这一条约所承载的世代友好、合作共赢理念,不仅对中俄双方,而且对世界各国都具有十分积极和现实的借鉴意义。

我愿强调指出,中俄关系具有独立自主价值,建立在不结盟、不对抗、不针对第三方基础之上,更不受第三方的干扰和挑拨。这既是对历史经验的总结,也是对国际关系的创新。不久前,两国共同发表关于新时代国际关系和全球可持续发展的联合声明,清晰无误地向世界表明,我们共同反对重拾冷战思维,反对挑动意识形态对抗,主张推进国际关系民主化,主张维护《联合国宪章》宗旨和原则。

中俄关系发展有着清晰的历史逻辑,具有强大的内生动力,两国人民的友谊坚如磐石,双方的合作前景广阔。不管国际风云如何险恶,中俄都将保持战略定力,将新时代全面战略协作伙伴关系不断推向前进。

新华社记者:近日,中国从乌克兰陆续撤出了多批中国公民。您能否介绍有关情况?

王毅:随着乌克兰局势不断紧张升级,党中央、国务院高度牵挂每一位在乌同胞的安危。习近平总书记亲自关心,多次过问,要求全力确保中国公民的安全。外交部启动领事保护应急机制,与乌克兰、俄罗斯及周边国家保持外交沟通,并向在乌同胞发出安全预警和提醒。

现地局势发生突变后,我们组织在乌同胞抓紧安全避险,为遇到困难的同胞及时提供帮助。同时,抓住战局中出现的时间窗口组织紧急撤侨行动。驻乌克兰使馆、驻敖德萨总领馆外交人员多次深入火线,为中国公民撤离打开安全通道。中国在乌克兰各个邻国的使馆也昼夜运转,全力安置转运我国同胞。国内各部门、各地方密切协调,迅速派出多架包机,从欧洲陆续接回离乌公民。

在组织中国公民避难和撤离过程中,乌克兰政府和社会各界给予了友好协助,俄罗斯、摩尔多瓦、罗马尼亚、波兰、匈牙利、斯洛伐克、白俄罗斯等国也提供宝贵支持,体现了对中国人民的深厚情谊,我谨代表中方,向各国政府和人民表示衷心感谢!

在撤侨行动中,我们在乌克兰和周边国家的华侨华人、留学生、中资机构全面动员,互施援手,再次体现了中国人患难与共的传统美德,我也要向同胞们表示诚挚的慰问。

目前,还有一些同胞由于当地局势和个人原因仍然留在乌克兰,我们时刻挂念着他们,与他们随时保持联系,根据他们的需求,提供一切可能的帮助。

世界并不太平,有一位网友留言表示,我们并不是生活在一个和平的世界,但很幸运有一个和平的祖国。外交为民永远在路上。我们愿继续用行动告诉每一位海外同胞,无论什么时刻、无论身处何方,你的身边有我们,你的背后是祖国!

美国全国广播公司记者:美国两党在加强与中国全面竞争问题上已达成共识。您是否担心美中关系会持续恶化?

王毅：去年以来，习近平主席同拜登总统举行视频会晤并两次通话，双方在多个层级也开展了对话交往。美方领导人和一些高官相继表示，美方不寻求"新冷战"，不寻求改变中国的体制，不寻求强化同盟关系反对中国，不支持"台独"，无意同中国发生冲突对抗。但令人遗憾的是，这"四不一无意"的表态始终飘浮在空中，迟迟没有落地。摆在我们面前的事实是，美方仍不遗余力地对中国开展零和博弈式的"激烈竞争"，不断在涉及中方核心利益的问题上攻击挑事，接连在国际上拼凑打压中国的"小圈子"，不仅伤害两国关系大局，也冲击和损害国际和平稳定。这不是一个负责任大国应有的样子，也不是一个讲信誉国家所做的事情。中国作为一个主权独立国家，我们完全有权利采取必要措施坚定捍卫自身的正当权益。

中方认为，大国竞争不是时代主题，零和博弈不是正确选择。在一个相互依存的全球化时代，中美两个大国如何找到正确相处之道，既是人类社会没有遇到过的课题，也是两国必须共同解开的方程式。

今年是"上海公报"发表50周年。回首历史，中美双方本着求同存异精神，以合作代替对抗，造福了两国人民，促进了世界和平与繁荣。展望未来，双方应当重拾融冰初心，重整行装出发，用相互尊重、和平共处、合作共赢的"三原则"替代竞争、合作、对抗的"三分法"，推动美国对华政策重回理性务实的正轨，推动中美关系重回健康稳定的正道。

西班牙埃菲社记者：您认为中俄日益密切的关系以及乌克兰

危机是否会影响中国同欧洲的关系？

王毅：中欧是维护世界和平的两大力量，促进共同发展的两大市场，推动人类进步的两大文明。中欧关系不针对、不依附、也不受制于第三方。双方在相互尊重、互利共赢基础上开展对话合作，将为动荡的世界局势提供更多稳定因素。

中欧合作去年取得积极成果，我仅举两个例子。中国和欧盟贸易额首次突破8000亿美元，充分说明中欧经贸关系高度互补。去年中欧班列开行15000多列，同比增长29%，为推动国际抗疫合作，确保产业链供应链稳定以及促进全球经济复苏都发挥了积极作用。

然而，有些势力并不愿看到中欧关系稳定发展，编造所谓"中国威胁"，炒作对华竞争，鼓吹"制度性对手"，甚至挑起制裁和对抗。中欧双方对此都应高度警惕。中欧合作历经几十年风雨，植根于坚实的民意基础、广泛的共同利益、相似的战略诉求，具有强大韧性和潜力，任何势力都不能也无法逆转。

中方始终从战略和长远角度看待中欧关系，中国的对欧政策保持稳定坚韧，不会因一时一事而改变。我们将继续支持欧洲独立自主，支持欧盟团结繁荣。同时，我们也希望欧洲形成更为独立、客观的对华认知，奉行务实、积极的对华政策，共同反对制造"新冷战"，共同维护和践行真正的多边主义。

下一步，中欧双方要办好中国—欧盟领导人会晤等重要政治议程，加强战略对接，拓展务实合作，推进多边协调，深化人文交流，妥善管控分歧，携起手来，共同为世界多做实事和好事。

中央广播电视总台国广记者：中方如何看待"一带一路"发展势头因疫情等原因有所减弱的说法？

王毅：尽管受到疫情等因素的冲击，但共建"一带一路"仍保持良好势头。

过去一年来，"一带一路"基础设施的"硬联通"扎实推进。中老铁路、以色列海法新港等重大项目顺利竣工，中巴经济走廊、比雷埃夫斯港、雅万高铁、匈塞铁路等建设运营稳步开展。中欧班列开行量和货运量再创历史新高，为各国经济复苏提供了强劲动力。

"一带一路"规则标准的"软联通"亮点纷呈。去年以来，又有10个国家同中国签署"一带一路"合作文件，共建"一带一路"大家庭成员达到180个。我们还成功举办"一带一路"亚太区域国际合作高级别会议，"一带一路"疫苗合作和绿色发展伙伴关系倡议得到广泛支持。

"一带一路"互帮互助的"心联通"持续深入。我们全力驰援各国抗疫，同20个发展中国家合作伙伴开展疫苗联合生产合作，其中大部分面向"一带一路"国家。一大批"小而美"项目稳步实施，帮助共建国家民众增加了收入，改善了生活。

这些事实充分说明，共建"一带一路"的合作伙伴不断扩大，合作基础日益牢固，合作前景更加广阔，必将为后疫情时代的世界开辟新的发展前景。

接下来，我们将按照习近平主席去年在第三次"一带一路"建设座谈会上提出的要求，同国际社会一道，继续推进高质量共建"一带一路"，努力实现更高合作水平、更高投入效益、更高供给质量、更高发展韧性,将"一带一路"打造成造福世界的"发展带"、惠及各国人民的"幸福路"。

新加坡《联合早报》记者:中国如何评估"印太地区和印太四国"的概念,它会对本区域造成什么影响?

王毅:美国的"印太战略"正在成为集团政治的代名词。美方打着促进地区合作的旗号,玩弄的却是地缘博弈的把戏;高喊要回归多边主义,实际上却在搞封闭排他的"俱乐部";声称要维护国际规则,却试图另搞一套自己的"帮规"。从强化"五眼联盟",到兜售"四边机制"、拼凑三边安全伙伴关系、收紧双边军事同盟,美国在亚太地区排出的"五四三二"阵势,带来的绝不是什么福音,而是搅乱地区和平稳定的祸水。

"印太战略"的真正目的是企图搞印太版的"北约",维护的是以美国为主导的霸权体系,冲击的是以东盟为中心的区域合作架构,损害的是地区国家的整体和长远利益。这股逆流与地区国家求和平、谋发展、促合作、图共赢的共同愿景背道而驰,注定是没有前途的。

亚太是合作发展的热土,而不是地缘政治的棋局。中国始终扎根亚太、建设亚太、造福亚太。对于符合地区实际、满足各方需要的倡议,我们都表示欢迎;对于挑拨地区对抗、制造阵营对立的主张,我们都坚决反对。中方愿同各方一道,明辨是非,坚守正道,抵制"印太"对抗"小圈子"、共筑亚太合作"大舞台",携手迈向亚太命运共同体。

《人民日报》记者:您能否介绍全球发展倡议推进落实的最新

进展?

王毅:疫情严重冲击全球发展进程,发展中国家尤其遭受重创。在此背景下,习近平主席在联合国郑重提出全球发展倡议,目的是呼吁各国重视发展问题,形成合力,共迎挑战。

倡议最核心的理念是以人民为中心,最重要的目标是助力落实联合国2030年可持续发展议程。倡议高度契合各方需要,迅速得到联合国以及近百个国家的响应支持。今年1月,"全球发展倡议之友小组"在纽约联合国总部举行首次会议,逾百个国家和20多个国际组织代表齐聚一堂,为落实倡议凝聚了更广泛国际共识。

中方一向认为,可持续发展才是好发展,大家一起发展才是真发展。我们愿同各方一道,从四个方面推动倡议逐步落地:一是对接重点领域。聚焦发展中国家当前面临的最紧迫问题,尤其是减贫脱贫、粮食安全、经济复苏、就业培训、教育卫生、绿色发展等推进务实合作,助推2030年17个可持续发展目标如期实现。二是对接各国需求。秉持开放包容的伙伴精神,坚持共商共建共享,欢迎各方结合自身实际需求或优势资源灵活参与。三是对接合作机制。愿与所有感兴趣的国际和地区组织尤其是联合国系统携手合作,同小岛屿、内陆、最不发达国家发展进程协同增效,发挥各自优势,形成全球合力。四是对接各界伙伴。重视私营部门、非政府组织、专家智库、媒体等在落实2030年议程中的作用,欢迎各方建言献策、积极参与。

总之,全球发展倡议是继"一带一路"之后,习近平主席提出的又一重大倡议,是对全球发展合作的"再动员",是对以人民为中心这一核心人权理念的"再确认",为缩小南北鸿沟、破解发展不平衡提出了"路线图",也为推进联合国 2030 年可持续发展议程提供了"加速器"。我们愿同各国一道,积极探索并落实好这一倡议,不让任何国家掉队,不让任何诉求被忽视,不让任何一个人落伍,共同构建全球发展共同体。

新加坡亚洲新闻台记者:2021 年是中国东盟建立对话关系 30 周年。中国计划如何深化与东盟的关系?

王毅:30 年前,中国和东盟建立对话关系,走在了地区合作的前列。30 年后,中国和东盟建立全面战略伙伴关系,树立了睦邻友好的典范。30 年来,中国和东盟顺天时、应地利、聚人和,走出了一条邻里相亲、合作共赢的光明大道,打造了最具活力和潜力的区域合作样板。

中国东盟关系没有最好,只会更好。展望未来,中方愿同东盟国家一道,不忘维护稳定安宁的初心,秉持实现共同发展的使命,坚持互谅互让、互帮互助的邻里相处之道,推动双方关系像奔驰在中老铁路上的列车一样快速前行,在构建更为紧密的中国—东盟命运共同体方面不断取得新成果,更好造福双方人民。

我们要做国际抗疫合作的倡导者。深化疫苗联合生产、关键药物研发等领域合作,让双方构筑的"健康之盾"牢不可破,搭建的"快捷通道""绿色通道"运行通畅,守护好地区各国人民的生命健康。

我们要做区域合作的引领者。推动《区域全面经济伙伴关系协定》全面有效实施,尽早启动中国—东盟自贸区 3.0 版建设,拓展蓝色、绿色、数字经济等新领域合作，共建国际陆海贸易新通道，打造区域合作新标杆。

我们要做亚太稳定的守护者。呼唤和平、稳定、繁荣是地区国家的共同心声。亚太地区不是大国博弈的"棋盘"，东盟国家不是地缘争夺的"棋子"，而是促进地区发展繁荣的重要"棋手"。我们将继续把东盟作为中国外交的优先方向，坚定维护以东盟为中心的区域合作架构，维护东南亚无核武器区地位，维护地区的和平稳定，支持以东盟方式斡旋地区热点问题，反对在本地区制造集团对立和分裂对抗。

日本共同社记者：*今年是日中邦交正常化50周年。中方如何看待新时代的日中关系？*

王毅：今年是中日邦交正常化50周年，也是双方总结历史、共创未来的重要契机。50年前，两国老一辈领导人为了实现中日和平友好，以巨大的政治勇气，作出邦交正常化的重大决断。50年来，双方交流合作不断扩大，为两国人民带来重要福祉。去年两国领导人就构建契合新时代要求的中日关系达成重要共识，为下步关系发展指明了方向。

同时我们也要看到，当前中日关系依然面临一些分歧和挑战，特别是日方国内总有一些人不愿看到中国快速发展，不希望看到中日关系稳定。在此，我愿向日方提出三点忠告：

首先是要不忘初心，把握好两国关系的正确方向。切实恪守中日四个政治文件原则和精神，践行"互为合作伙伴、互不构成威胁""相互支持对方和平发展"的重要共识，确保两国关系始终沿着和平友好的方向发展。

二是要重信守诺，维护好两国关系的政治基础。历史、台湾等重大敏感问题事关中日的互信根基。根基不牢，地动山摇。希望日方在这些问题上恪守迄今所作的一系列郑重承诺，避免再给两国关系带来严重冲击。

三是要顺势而为，共同开创两国关系的广阔前景。世界多极化、国际关系民主化取代单边主义、霸权主义是历史的必然，冷战结盟、地缘对抗那一套早已不得人心。日方应顺势而为，而非逆流而动，不要为他人做火中取栗的事情，也不要走上以邻为壑的歧途。真正做到以史为鉴、面向未来，为地区的和平、稳定与发展作出日本应有的贡献。

中新社记者：过去一年，外交部为帮助海外中国公民纾难解困做了大量工作。今年外交部在践行外交为民宗旨方面将采取哪些新举措？

王毅：过去一年，对于广大海外中国公民来说十分不容易，全球疫情、自然灾害、政局动荡、军事冲突，随时威胁着海外同胞的安全，更牵动着祖国人民的心。海外同胞一时回不了家，我们就把家的温暖带到他们身边。一年来，外交部和驻外使领馆全力以赴，在全球范围推进"春苗行动"，为生活工作在 180 个国家的数百万名中国同胞接种疫苗。12308 热线 24 小时守候，全年受理 50 多万通求助来电，处理领事保护与协助案件超过 6 万起，成功营救数十名被绑架的中国公民，全力维护海外同胞的生命安全和正当权益。去年国庆前夕，经过不懈努力，被非法拘押一千多天的孟晚舟女士终于平安回国,一句"如果信念有颜色,那一定是中国红",道出了14亿中国人民的共同心声。

为民服务,为民解忧,是外交工作的应尽之责。中国外交将继续秉持以人民为中心的宗旨,做广大老百姓的贴心人,做海外同胞利益的守护人。今年我们将集中做好三件事:一是打造"智慧领事平台",推出更多"指尖"上服务项目,完善数字化、全天候领事服务。二是构建"海外平安中国体系",强化海外安全风险预警,指导境外企业加强安防建设,为海外同胞提供更有效、更及时的安全保障。三是推出"健康畅行计划",打造升级版的中外人员往来"快捷通道",推出增强版的"国际旅行健康证明",助力安全、健康、便捷的跨国旅行。

韩国联合通讯社记者:中方为重启朝鲜半岛核问题政治解决进程有哪些方案? 韩中今年迎来建交30周年,中方对发展韩中关系有何看法?

王毅:中国有句老话,治病须治本,纠错要纠根。半岛问题的"根",在于朝鲜面临的外部安全威胁长期得不到消除,朝方的合理安全关切始终没有得到解决。

解决半岛问题,需要各方相向而行。2018年以来,朝方采取了一些旨在促成对话的举措,却至今没有得到应有的回报,这不符合各方已形成共识的"行动对行动"原则,导致本已严重缺失的朝美互信雪上加霜,也使得各种对话提议沦为空洞的口号。

我们注意到,美方最近公开声明对朝没有敌意,愿意通过外交手段解决问题,这值得肯定。但下一步形势往哪里走,很大程度取决于美方怎么做,是真正拿出解决问题的具体行动,还是继续把半岛问题当作地缘战略的筹码。

中方再次呼吁美国采取实际举措解决朝鲜的合理安全关切,与朝方建立起基本互信。各方按照"双轨并进"思路和"分阶段、同步走"原则,不断推进半岛问题的政治解决进程。中方愿意继续为此发挥建设性作用,作出应有的努力。

关于中韩关系,中韩是有着深厚历史渊源的友好邻邦。中国人常说"远亲不如近邻"。韩国也有句俗话叫"三个铜板买房屋,千两黄金买邻居"。今年是中韩建交 30 周年,30 年来,中韩关系经受了各种风云变幻考验,实现了全面快速发展。事实证明,中韩之间不是对手,而是利益交融、优势互补、潜力巨大的合作伙伴。我们愿同韩方以建交 30 周年为契机,弘扬友好传统,深化互利合作,更好实现共同发展。

哈萨克斯坦 24KZ 电视台记者:今年是中国和中亚国家建交 30 周年。中方计划采取哪些措施落实中国同中亚五国建交 30 周年视频峰会确定的目标?

王毅:今年中国同中亚关系的大事喜事不断。年初习近平主席同五国元首举行视频峰会,隆重庆祝双方建交 30 周年。随后五国元首又齐聚北京,共赴"冬奥之约"。

中方始终认为,一个发展、繁荣、稳定、充满活力的中亚符合中国和地区国家的共同利益。我们将继续本着相互尊重、睦邻友好、同舟共济、互利共赢四项原则,合力构建内涵丰富、成果丰硕、友谊持久的战略伙伴关系,持续推进中国—中亚命运共同体建设。

中国同中亚五国关系正处于三十而立的黄金岁月,呈现蓬勃发展的广阔前景。中方愿同五国一道,落实好双方建交 30 周年峰会成果,做实做强"中国+中亚五国"合作机制,拓展深化抗疫、产能、能源、农业、人文、数字经济、绿色发展等领域合作,在核心利益问题上相互坚定支持,打造更加紧密的中国—中亚命运共同体,开创双方关系下一个更加精彩的 30 年。

《环球时报》记者：美方去年召开的"领导人民主峰会"被公认不成功,但美方仍宣布今年举办线下"民主峰会"。请问中方打算如何应对？

王毅：去年,美国打着"民主"的旗号举办所谓"民主峰会",将世界上将近一半的国家排除在外,公然以意识形态划线,在世界上制造分裂,这本身就是对民主精神的践踏,再次举办这类峰会更是不得人心。

中国的全过程人民民主是广泛、真实、管用的民主,得到中国人民的衷心拥护和支持。今年 1 月,全球知名公关咨询公司爱德曼发布报告显示,2021 年中国民众对政府信任度高达 91%,蝉联全球第一,达到 10 年来的新高。哈佛大学也曾连续多年得出类似民调结论。世界认可中国的民主,我们更对自己的道路充满信心。

人类文明的花园丰富多彩,各国的民主也应百花齐放。按照美国模式划定"民主标准"的做法恰恰是不民主的表现。打着"民主"的幌子干涉别国内政,只能使人民遭殃。唯我独尊不仅不是民主之义,而且还是民主之灾。

我们期待同各国本着平等的态度交流互鉴,弘扬真正的民主精神,剥去各种伪民主面具,切实推进国际关系的民主化,促进人类进步事业不断前行。

美国彭博社记者:请问中方认为乌克兰问题同台湾问题两者形势有何异同? 如何看待当前台海发生冲突的可能性?

王毅:首先要明确的是,台湾问题与乌克兰问题有着本质区别,没有任何可比性。最根本的不同在于,台湾是中国领土不可分割的一部分,台湾问题完全是中国的内政,乌克兰问题则是俄乌两个国家之间的争端。有些人在乌克兰问题上强调主权原则,但在台湾问题上却不断损害中国的主权和领土完整,这是赤裸裸的双重标准。

台海局势面临紧张,根源就在于民进党当局拒不认同一个中国原则,企图改变两岸同属一中的现状,通过大搞"两个中国"和"一中一台",歪曲台湾的历史,割裂台湾的根脉,到头来必将葬送台湾的未来。而美国一些势力为了遏制中国的振兴,纵容鼓动"台独"势力发展,挑战和掏空一中原则,严重违反国际关系基本准则,严重破坏台海和平稳定,不仅会把台湾推向危险的境地,也将给美方带来难以承受的后果。

我要强调的是,海峡两岸历史同源,文化同根,同属一中。台湾的前途希望在于两岸关系和平发展,在于实现国家的统一,而不是依靠什么外部的"空头支票"。"挟洋谋独"没有出路,"以台制华"注定失败,台湾终会回到祖国的怀抱。

CGTN 记者:今年,中国将担任金砖国家主席国,亚太经合组织领导人非正式会议、二十国集团(G20)领导人峰会也将在亚洲国家召开。中方期待新兴和发展中国家在全球治理中发挥怎样的作用？

王毅：金砖国家是新兴市场和发展中国家联合自强的典范，是推进全球治理的关键力量。时隔 5 年，金砖国家主席国的接力棒再次交到中国手中。我们将主办金砖国家领导人会晤，并先后开展 160 多项活动。我们将同其他金砖国家一道，围绕"构建高质量伙伴关系，共创全球发展新时代"的主题，深化金砖合作，淬炼金砖"成色"，擦亮南南合作的"金字招牌"，为各国携手战胜疫情、推动世界经济复苏传递希望和信心。

我们将以公平正义理念引领全球治理体系变革，提出后疫情时代全球治理的"金砖主张"。以疫苗合作为重点，拓展公共卫生合作，筑牢抗击疫情的"金砖防线"。以全面深化经贸、财金、创新、数字经济、绿色发展、减贫脱贫等合作为抓手，铺设加速全球发展的"金砖快线"。以深化"金砖+"合作为契机，加强新兴市场和发展中国家战略协作，为构建全球发展伙伴关系作出"金砖贡献"。

今年中国、泰国和印尼将分别主办金砖国家领导人会晤、亚太经合组织领导人非正式会议、二十国集团领导人峰会，全球治理进入"亚洲时间"。我们期待新兴市场和发展中国家从全球治理的"跟跑者"，向"并跑者"甚至"领跑者"转变，发挥更积极作用，发出更响亮声音，引领国际秩序朝着更加公正合理方向演进，推动全球化朝着更加开放、包容、普惠、平衡、共赢的方向发展。

印度报业托拉斯记者：印中两国关系持续触底。中方如何预测今年印中关系前景?

王毅:中印关系近年来遭遇一些挫折,这种局面不符合中印两国和两国人民的根本利益。对于历史遗留下的边界问题,中方始终主张通过平等协商管控分歧,积极寻求公正合理的解决,同时不使其影响和干扰两国合作的大局。

我们看到,总有一些势力试图在中印之间挑动矛盾,在地区之间制造分裂,但这种做法正在引起越来越多有识之士的反思和警惕。大家越来越清醒地意识到,像中印这样拥有十几亿人口的大国,只有坚持独立自主,才能把命运牢牢掌握在自己手中,才能真正实现各自国家的发展振兴。

中印人口加起来超过 28 亿,占全球三分之一。中印实现稳定发展、和睦相处,世界的和平和繁荣就有了坚实基础。正如一句印度谚语所言,"帮你的兄弟撑船过河,你也能到达对岸"。希望印方同中方一道,坚守"互不构成威胁、互为发展机遇"的战略共识,坚持增进互信,避免误解误判,彼此作相互成就的伙伴,不当相互消耗的对手,确保两国关系沿着正确轨道前行,为两国人民带来更大福祉,为地区和世界作出更大贡献。

阿联酋中阿卫视记者:请问中方在解决中东地区热点、建设性参与中东事务方面将采取哪些举措?

王毅:长期以来,安全与发展一直是困扰中东国家的两大难题。作为中东国家的战略伙伴,中国始终奉行"两个支持",那就是支持中东国家团结协作解决地区安全问题,支持中东人民独立自主探索自身发展道路。

过去一年多来,中方先后提出关于实现中东安全稳定五点倡议、政治解决叙利亚问题四点主张、落实巴以"两国方案"三点思路,旨在推动对话解决热点问题、实现地区安全和共同安全。同时,中国同中东各国携手抗击疫情,推进疫苗生产、药物研发合作。加快中国与海湾国家自贸区建设,启动中国与伊朗全面合作协议,为促进中东发展提供了积极助力。

中国在中东发挥的始终是建设性作用,我们从不谋取什么地缘利益,更无意去填补所谓权力真空。过去数十年,正是因为域外大国竞相干预中东事务,给中东地区和中东人民造成了一次又一次伤害。21世纪的今天,这种局面不应再继续下去。应当把维护中东安全与发展的权力彻底交到中东人民手中,支持中东国家以团结谋和平,以自强谋稳定,以合作谋发展,真正实现中东地区的长久和平与繁荣。

深圳卫视记者:中国同南太平洋岛国关系不断深入。您对中国同南太岛国关系前景有何看法?

王毅:中国外交历来坚持大小国家一律平等。因此,对于南太平洋国家这样的小岛屿国家,我们一直有着一份特别的关注和支持。

我们愿同南太国家互尊互信、平等相待,支持南太国家坚定走符合自身国情的发展道路。

我们愿同南太国家互帮互助、共迎挑战。中方第一时间紧急驰援汤加应对火山灾情,支持所罗门群岛维稳止暴,向暴发疫情的南太国家援助疫苗和医疗设备,展现风雨同舟的命运共同体精神。

我们愿同南太国家互学互鉴、合作共赢。高质量共建"一带一路",持续提供不附加政治条件的经济技术援助。中国—太平洋岛国应急物资储备库已经启用,应对气候变化合作中心、减贫与发展合作中心即将建成。

中国始终是南太国家可以信赖的好朋友,愿共同打造不同大小、不同制度国家相互支持、团结合作的新典范。

新加坡《海峡时报》记者:您对中国和东盟国家克服分歧、达成"南海行为准则"感到乐观吗?"准则"是否应该具有法律效力?

王毅:今年是《南海各方行为宣言》签署20周年。20年来,中国与东盟各国共同落实《宣言》,保持了南海局势的总体稳定。当然,要实现南海的长治久安,需要达成更具实质内容、更为行之有效的地区规则。为此,各方在《宣言》中明确把制定"南海行为准则"作为长远目标。

中国与东盟各国启动"准则"磋商以来,已经取得很多积极进展。由于新冠肺炎疫情,当前磋商进程受到了一定影响。但中方对达成"准则"的前景始终充满信心,因为推进"准则"磋商符合中国与东盟各国的共同利益,也是确保南海成为和平合作之海的关键之举。"准则"不仅将符合包括《联合国海洋法公约》在内的国际法,也将为域外国家的合法权益提供更有效保障。进入磋商的关键阶段,需要重视并处理好两件事:

一是正确看待分歧。任何磋商谈判都可能出现不同意见,但只要各方牢记我们的目标是一致的,就没有任何分歧不可以弥合,没有什么共识不能够达成。

二是坚决排除干扰。某些域外国家并不乐见"准则"达成,也不希望南海风平浪静,因为这将使其失去插手南海、谋取私利的借口。东盟各国需要看清这一点,共同抵制来自外部的干扰破坏。我相信,域外的逆流掀不起南海的风浪,外部的干扰挡不住地区合作的步伐。

巴基斯坦联合通讯社记者:当前阿富汗面临严重人道危机和恐怖主义威胁。中方认为各方应如何支持阿富汗渡过难关?

王毅:美国从阿富汗不负责任地一走了之,给阿富汗人民留下深重的人道危机,为地区稳定带来巨大的安全挑战。当前阿富汗正处于由乱及治的关键时期,各方应当本着"阿人主导、阿人所有"原则,支持阿富汗人民探索符合本国国情的发展道路。当务之急是同时间赛跑,加快提供人道主义援助,立即解除阿富汗在美资产的冻结和各种单边制裁,无条件归还属于阿富汗人民的资产,避免给阿富汗人民造成"二次伤害",帮助阿富汗熬过寒冬,迎接春天。

中方已第一时间向阿富汗伸出援手,将根据阿人民需求,继续追加新的援助。我们正在筹备第三次阿富汗邻国外长会,愿意为阿富汗长治久安发挥邻国优势,贡献邻国力量。

中央广播电视总台央广记者:您延续了中国外长连续32年每年首访非洲传统。请问中方将为落实中非合作论坛第八届部长级会议成果采取哪些措施?有外媒认为中国在非洲制造"债务陷阱"。您对此有何回应?

王毅:中国外长每年首先出访非洲,体现了中国对非洲发展振兴的坚定支持。多年来,中国在非洲建设了超过 1 万公里铁路、近10 万公里公路、近百个港口,还有数不清的医院和学校。这些都不是什么"债务陷阱",而是一座座合作的丰碑。

去年是中非合作的大年,双方成功举行中非合作论坛第八届部长级会议,习近平主席宣布对非合作"九项工程",推动构建新时代中非命运共同体,为中非关系发展注入了新的动力。

今年是落实论坛部长会成果的开年。中国对非合作重信守诺,从不开"空头支票"。我们将大力弘扬中非友好合作精神,同非洲国家一道,重点开展三项工作:

一是大力推进对非抗疫合作。全面落实习近平主席向非洲提供 10 亿剂疫苗承诺,帮助非洲提升疫苗本地化生产能力,助力实现 2022 年 60%非洲人口接种疫苗的目标。

二是促进中非务实合作提质升级。加快高质量共建"一带一路",实现"九项工程"早期收获。推动全球发展倡议同非盟《2063年议程》对接,以实际行动支持非洲实现经济复苏和可持续发展。

三是推进"非洲之角和平发展构想"。中方已任命外交部非洲之角事务特使,愿与地区国家广泛沟通,为非洲之角和整个非洲大陆的和平与发展发挥建设性作用。

古巴拉美通讯社记者:您如何评价中拉关系现状? 美国等一些国家指责中国与拉美开展合作是为了寻求地缘政治影响力,您对此有何回应?

王毅:拉美是一片充满希望和生机的热土,不是谁的"后院"。拉美人民需要的是公平正义、合作共赢,而不是强权政治、霸道霸凌。

中国和拉美国家同属发展中国家,独立自主、发展振兴的共同愿望让"中国梦"与"拉美梦"紧紧相连。新冠肺炎疫情发生以来,中方积极开展对拉抗疫合作,累计提供近4亿剂疫苗和近4000万件抗疫物资。去年,中拉贸易额首次突破4000亿美元。我们还成功举办了中拉论坛第三届部长会议,就未来三年深化中拉战略互信和重点领域务实合作达成了广泛共识。

正如拉美谚语所说,"真正的朋友能够从世界的另一头触及你的心灵"。中国将继续同拉美朋友一道,深化友谊,拓宽合作,积极构建中拉命运共同体。

印尼安塔拉通讯社记者:您如何评价中国同印尼双边关系前景?今年,印尼将成为G20主席国,中方将如何支持印尼做好主席国工作?

王毅:中国和印尼都是发展中大国和新兴经济体代表,两国共同利益广泛,发展潜力巨大。近年来,在两国元首战略引领下,中印尼关系已经成为地区国家互利合作的典范,发展中国家联合自强的样板。

疫情期间,中方率先向印尼提供抗疫援助,率先同印尼开展疫苗和新冠肺炎特效药研发合作。迄今已向印尼提供疫苗2.9亿剂,是对印尼提供疫苗最多的国家。中方共建"一带一路"的倡议与印尼的"区域综合经济走廊"深度对接,两国贸易额去年同比增长近六成。双方还成功启动高级别对话合作机制,政治、经济、人文、海上"四轮驱动"的双边合作新格局已然成型。

下一步，中方将同印尼深化疫苗全产业链合作，助力打造区域疫苗生产中心，共同构建地区抗疫的防护盾。推动雅万高铁早日建成通车，为促进印尼疫后发展、增进双方互利合作提供更大加速度。

今年，印尼将主办二十国集团领导人峰会。中方愿积极支持和协助，围绕"共同复苏、强劲复苏"的峰会主题，促进创新、数字、绿色、卫生等领域合作，切实维护新兴市场和发展中国家利益，推动二十国集团为促进世界经济复苏、完善全球治理作出更大贡献。

《中国日报》记者：我代表全球网友提问。今年将迎来中共二十大，您认为中国应该如何在国际上继续讲好中国共产党故事？

王毅：中国宪法明文规定了中国共产党的执政地位，明确党的领导是中国特色社会主义的最本质特征，是中国特色社会主义制度的最大优势。讲好中国共产党的故事，为党立名、为党正名、为党扬名是中国外交的应有之义和重要职责。

去年，我们在中国共产党成立一百周年之际，开展了"100天讲述中国共产党对外交往100个故事"，邀请各国驻华外交官和国际主流媒体赴延安、嘉兴等红色纪念地参访，中国驻外使领馆也举办了4000多场丰富多彩的庆祝建党百年活动，受到各国朋友的热烈欢迎。

我们深感国际社会现在更加关注中国共产党，更加认同中国共产党。越来越多的外国朋友对中国共产党领导中国人民取得的伟大成就感到钦佩，越来越多的国家希望了解中国共产党的成功秘诀。上个月，阿根廷总统费尔南德斯来华出席北京冬奥会开幕式期间,专程参观了中国共产党历史展览馆,对中国人民所做的一切和取得发展进步表达敬意。我们注意到,国际社会看中国共产党的眼睛更加亮起来了,观察中国共产党的视角更为宽广了,对中国共产党的认知也更加深入全面了。

正如习近平总书记指出,"读懂今天的中国,必须读懂中国共产党。"今年,我们将以迎接党的二十大为契机,继续向国际社会讲好中国共产党的故事,帮助更多外国朋友真正读懂中国共产党。

记者会历时 1 小时 40 分钟。

国务委员兼外交部长王毅就中国外交政策和对外关系回答中外记者提问

全国政协十三届五次会议

记 者 会

全国政协十三届五次会议新闻发布会

(2022 年 3 月 3 日)

全国政协十三届五次会议新闻发言人郭卫民

全国政协十三届五次会议新闻发布会 3 日下午在人民大会堂新闻发布厅举行，大会新闻发言人郭卫民将向中外媒体介绍本次大会有关情况并回答记者提问。为有效防控疫情，共同维护公共卫生与健康，新闻发布会采用网络视频形式进行。

3 月 3 日下午，全国政协十三届五次会议新闻发布会在人民大会堂新闻发布厅举行，大会新闻发言人郭卫民向中外媒体介绍本次大会有关情况并回答记者提问

主持人：女士们、先生们，大家下午好！全国政协十三届五次会议新闻发布会现在开始。我代表大会秘书处，向所有参加发布会的中外记者表示欢迎！

按照大会疫情防控工作的要求，本次新闻发布会采用网络视频的形式举行。发布会主会场设在人民大会堂新闻发布厅，分会场设在梅地亚中心二层多功能厅。

本次新闻发布会时长大约 60 分钟。下面，请十三届全国政协委员，全国政协十三届五次会议副秘书长、新闻发言人郭卫民先生介绍本次大会主要安排，然后回答大家的提问。

郭卫民：女士们、先生们、记者朋友们，大家下午好！欢迎大家出席今天的新闻发布会，也欢迎社会各界通过电视、网络观看发布会。

2021 年，是我们党和中华民族历史上意义非凡的一年。我们隆重庆祝中国共产党成立一百周年。在以习近平同志为核心的中共中央坚强领导下，全国各族人民团结奋进，沉着应对百年变局和世纪疫情，如期打赢脱贫攻坚战、全面建成小康社会，开启了全面建设社会主义现代化国家新征程。

2022 年是继往开来、接续奋斗的一年。北京冬奥会、冬残奥会让世界的目光再次聚焦中国。我们将迎来中国共产党第二十次全国代表大会的召开，我国全面建设社会主义现代化国家将迈出坚实的步伐。在此之际，召开全国两会，具有特殊意义。

我受全国政协大会秘书处委托，向大家简要通报一下本次政协会议的议程安排。全国政协十三届五次会议将于明天下午 3 时

全国政协十三届五次会议新闻发布会主会场设在人民大会堂新闻发布厅

全国政协十三届五次会议新闻发布会分会场设在梅地亚两会新闻中心多功能厅

在人民大会堂开幕,3月10日上午闭幕,会期6天。大会的主要议程是:听取和审议全国政协常委会工作报告和关于提案工作情况的报告;列席十三届全国人大五次会议,听取并讨论政府工作报告及其他有关报告;审议通过全国政协十三届五次会议政治决议等决议和报告。

本次大会期间,将安排开幕会、闭幕会以及两次大会发言,安排5次小组会议。开幕会、闭幕会将邀请外国驻华使节旁听。现在大会筹备工作已全部准备就绪。

考虑到疫情防控需要和会期安排,今年大会在媒体采访方面仍延续前两年的做法,邀请少量在京中外记者到人民大会堂现场采访;通过网络视频方式安排3场"委员通道"采访活动。我们欢迎中外记者通过网络、视频和电话等方式多角度报道政协大会,我们在各委员驻地设立了网络视频采访间,政协大会新闻组和驻地新闻联络员将积极为中外记者采访报道提供服务和便利。全国政协官网的新闻中心将及时发布大会的有关安排、主要文件和资料信息,欢迎中外记者朋友们关注。

下面,我愿意就本次大会和政协工作相关情况回答记者的提问。

《人民日报》记者:2021年是党和国家历史上具有里程碑意义的一年,国际形势复杂严峻,国内任务艰巨繁重。请问面对这些情况,全国政协是如何开展工作的?有哪些亮点?

郭卫民:2021年,在中共中央坚强领导下,全国政协及其常委会以庆祝中国共产党成立一百周年为主线强化思想政治引领,以促进"十四五"良好开局为重点认真履职尽责,建言资政和凝聚共识成效显著、亮点凸显,有效发挥专门协商机构作用,为党和国家事业作出了新贡献。

一年来,广泛凝聚共识,汇聚团结奋进力量。坚持以习近平新时代中国特色社会主义思想为指导,学习贯彻十九届六中全会精神,组织庆祝建党百年学习参观视察活动,突出政协特色开展以中共党史为重点的"四史"教育,筹办辛亥革命110周年纪念活动,全国政协党组成员深入开展谈心交流,委员读书活动成效显著。组织委员宣讲,举办委员讲堂,帮助各级政协委员和各界群众及时了解党和政府重大方针政策,形成了具有政协特色、形式多样的凝聚共识、传播共识工作格局。

一年来,高质量建言资政,更好服务发展大局。人民政协牢记责任使命,紧紧围绕"国之大者"深入协商议政。围绕"推进'十四五'规划落实,着力构建新发展格局"等议题召开两次专题议政性常委会会议,围绕巩固拓展脱贫攻坚成果等议题进行专题协商,紧扣国家公共卫生防护网、高水平对外开放等主题召开双周协商座谈会、远程协商会。全年举办重要协商活动25次,这25次协商活动都是围绕一些重大主题展开的。开展视察考察调研82项,立案提案5000多件,有效服务决策实施。政协在国家治理体系中的作用进一步得到彰显。

一年来,创新推进工作,更加注重实效。创设专家协商会,围绕科技创新、农业农村现代化指标体系等议题深度协商,应用型智库建设迈上新台阶。以民主监督为重要载体,促进重大方针政策转化为治理效能。制定 5 年民主监督工作计划，10 个专门委员会从不同角度围绕"十四五"规划实施，持续跟踪、进行协商式监督，促进重大决策落地落实。开展灵活便利、务实高效的委员自主调研 120 余项。拓宽反映社情民意信息报送渠道，围绕优化营商环境、办好北京冬奥会和冬残奥会等报送了一系列高质量政协信息。政协工作呈现出生动活跃、务实高效的良好局面。

美国国际市场新闻社记者：今年中国经济面临三重压力，预期中国经济今年表现如何，宏观政策稳定经济的着力点是什么？政协对此有哪些建议？

郭卫民：中国经济走势是舆论十分关注的一个问题，围绕经济发展建言献策是全国政协的一项重要任务。全国政协充分利用人才荟萃、智力密集的优势，通过专题议政性常委会、专题协商会、双周协商座谈会、远程协商会和专题调研等多种形式，紧扣经济发展议题开展协商议政，邀请政府部门、企业负责人和专家学者一道参与。特别是我们每个季度都召开宏观经济形势分析座谈会，深入分析研判一个时期宏观经济运行的特点和趋势，提出了许多有价值的意见建议，得到了国务院和有关部门的关注和重视。

围绕经济形势，委员们认为，面对复杂多变的国际环境和国内疫情形势的多重考验，去年我国经济运行保持稳定恢复态势，经济增速 8.1%，经济总量超过 110 万亿元，人均国内生产总值突破了 1.2 万美元，这表明中国经济长期向好的基本面没有变。同时我们也要看到，今年外部环境更趋复杂和不确定，我国经济发展面临严峻挑战。

委员们认为,今年要保持经济平稳健康发展,必须将中央经济工作会议所作的部署落实到位,在多重目标中寻求动态平衡,针对国内经济发展所面临的需求收缩、供给冲击、预期转弱三重压力,委员们提出了一系列意见建议。有委员建议,要推动技术创新和产业变革,有效拓展国内需求,形成新的增长点和增长极;要提高供应链的稳定性和安全性,增强自主创新能力,加强关键技术创新,包括打造数字经济新优势;要十分注重各种政策出台的统筹和解读,及时研判风险,化解公众疑虑,稳定市场主体预期。

政协委员和有关专家都认为,我们有信心、有条件、也有能力实现经济平稳健康可持续发展。

中央广播电视总台记者:我们注意到在过去的 2021 年中国外贸进出口的规模达到了 6.05 万亿美元,创历史新高,但同时我们也注意到由于全球疫情持续反复等外部环境的变化,其实整个外贸运行的基础并不牢固。请问您如何看待中国今年的外贸形势?在多措并举稳外贸方面,全国政协开展了哪些工作?

郭卫民:我也注意到最近央视围绕着中国的外贸形势、外贸增长、面临的挑战等问题作了一系列报道,我看有些报道还是很有深度的。的确在过去一年,我们国家面对复杂严峻的国内外形势,克服了各种困难和挑战。我们的外贸进出口规模达到了新高,突破了 6 万亿美元这样的关口,交出了一份亮眼的成绩单。

全国政协对促进外贸高质量发展非常关注,去年我们通过举办双周协商座谈会,专题座谈、专题调研等多种形式,开展了一系列工作。下半年,全国政协两位副主席分别带队前往相关省市和国务院有关部门,深入一线了解情况,听取意见。11月,汪洋主席主持召开双周协商座谈会,会上委员们围绕着"增强对外贸易综合竞争力"这一主题协商议政,并且与发改委、工信部、商务部、海关总署等部门的领导一起热烈讨论,相互交流。委员们提出了许多很有操作性、针对性的意见建议,收到了很好的效果。

在协商履职过程中,委员们认为今年外贸领域确实存在着很多不确定、不稳定性的因素,外贸面临很大的压力。但同时我们也要看到,我国外贸产业基础雄厚,具有强大的韧性,在各地各部门和广大外贸企业的共同努力下,今年外贸运行有望保持在合理的区间。针对一些突出的问题,委员们建议,要采取有力措施,要做大做强外贸的主体,加快发展跨境电商、海外仓等外贸新业态新模式,积极推进内外贸一体化,进一步提升贸易数字化水平,等等。

去年,我也参加了政协外事委组织的调研。我们去了山东、江苏,深入到基层,去各类外贸企业,还有码头口岸。这次调研给我留下很深印象,我很有感触。对外贸易很重要,它不仅是国民经济发展的重要助推力量,也是国家形象和国家软实力的重要组成部分。这些年来,我们国家的外贸实现了跨越式发展,从外贸的产品结构来看,以前我们出口的大都是初级产品,现在有大量的机电产品,包括一些先进电器,还有新能源汽车这样高技术高附加值的产品。从外贸参与的主体来看,现在多元化发展,不仅有央企、外资企业,还有大量的中小微企业,这些中小微企业现在越来越成为我们外贸的中坚力量。在调研过程中,我也接触到很多年轻人,他们陪同我们调研,介绍、回答问题,给我留下很深印象。他们朝气蓬勃,锐意进取,我相信中国的外贸事业会像这些年轻人一样充满活力,未来可期。

美国彭博社记者:我的问题是关于中国应对疫情的"动态清零"政策,该政策很大程度上防止在中国出现大规模感染和死亡病例,随着疫情进入第三个年头,越来越多的国家逐步开放,中国是否需要对国内防疫政策作出相应的调整? 如果中国继续坚持"动态清零"政策,经济成本是否会上升? 而该政策是否会阻碍中国与世界之间的人员交往与互动? 全国政协委员对此怎么看?

郭卫民:疫情防控政策是国内外舆论都高度关注的一个话题。我想大家都看到,新冠肺炎疫情发生后,在以习近平同志为核心的党中央的坚强领导下,我国始终坚持将人民群众的生命安全和身体健康放在第一位,坚持"外防输入、内防反弹"的总策略和"动态清零"的总方针,全面加强疫情防控工作,取得了显著成效。

两年多来,来自医卫、科技等各界别的政协委员积极投身疫情防控的第一线。同时围绕相关政策研究讨论,提出了意见建议。委员们表示,自我国进入疫情防控常态化以来,每当出现聚集性疫情,我们都能根据实际情况果断处置,迅速控制疫情,较好地统筹了疫情防控、社会发展和民生保障之间的关系,保持了经济持续增长。委员们认为,有些国家包括一些发达国家疫情接连出现反复,这些国家医疗条件本来都很好,但是医疗资源被大量挤兑,重症和死亡病例不断增加。而我国作为有着 14 亿多人口的发展中国家,如果我们不采取有效措施,后果难以想象。委员们认为,疫情防控成果证明,我国的防疫政策符合中国国情、符合科学规律,我们的防疫措施相对成本低、成效好,体现了以人民为中心的执政理念,也体现了我国社会主义制度的优越性。我们要密切关注、研判国内外疫情形势的发展,加强科学防控、精准施策,努力以更高水平、更小社会成本控制住疫情,保障经济社会持续健康稳定发展。

记者问到了防疫政策对国际社会,包括中外交流的影响。我们也注意到,最近国外有些舆论认为中国的防疫政策影响了全球的供应链产业链,我认为这是不正确的。正是由于中国采取了正确的防疫政策,我们率先恢复了经济增长,保障了全球产业链和供应链基本稳定。刚才我讲到了中国的外贸情况,去年我国的对外贸易规模、国际市场份额都创造了历史新高,为全球经贸复苏注入了强劲动力。

这里我想再说一组中国抗疫援外的数据。我们先后向150个国家和13个国际组织提供了大量的口罩、防护服、呼吸机、检测设备等防疫抗疫物资,向34个国家派出37支医疗专家组,向120多个国家和国际组织提供了超过21亿剂疫苗,帮助其他国家提高疫情防控和应急救治能力。中国的援助也是在帮助国际社会尽快克服疫情、恢复正常秩序,这样才能更好地促进中国和国际社会的交往。我国还将继续加大对发展中国家的抗疫援助力度,为构建人类卫生健康共同体作出中国的贡献。

澎湃新闻记者:我们从媒体报道中看到政协开展了各种形式的协商履职活动,如情况通报会等。请问发言人,协商形式有哪些创新? 取得了哪些成效呢?

郭卫民：澎湃新闻也十分关注政协的工作，我想在这里也感谢中央媒体、地方媒体对政协工作的关注和报道。全国政协认真贯彻落实习近平总书记关于加强和改进人民政协工作的重要思想和中央政协工作会议的精神，着力发挥专门协商机构的作用，努力创新协商形式，提升政协协商民主效能，推进政协工作取得新进展。确实，政协工作这些年来不断创新发展、提质增效。

近年来，全国政协更加注重提高提案质量和办理，就是提案不仅要有数量，而且更加注重质量。建立了主席、副主席领衔督办提案的工作机制，有效推动提案建议成果转化。我们研究制定了协商议政质量的评价工作办法，使得各项协商议政活动能够更加注重质量和成效。我们创设了专家协商会，组织专家委员和有关学者深层次研究重大战略性问题，应用型智库作用得到了进一步发挥，这也是政协的一个特点。建立了民主监督长效机制，十个专门委员会各选定一个主题，连续五年围绕这一主题开展专项协商式监督，推进这项工作持续开展。创新开展网络议政、远程协商，不断丰富协商议政的形式，提高了效率。深化委员读书活动，读书和履职紧密融合，持续提高委员协商议政的能力。关于网络议政和远程协商，媒体做了不少报道。现在通过远程协商、网络议政，可以跨时空、跨地区同外地的基层组织和委员进行协商，有时候就到了田间地头。尤其在疫情防控的背景下，这样的方法既丰富了形式，也提高了效率。大家也十分关注委员读书活动，这一年来，活动办得有声有色，参与读书的委员越来越多，内容也越来越丰富了，讨论也越来越热烈。通过读书不仅增长丰富了知识，而且提高了履职能力。现在我们围绕一个议题要协商议政的时候,可能在读书群里先把这个议题提出来,大家一起发言讨论,形成共识,有效地提高了履职效果。这些都是一些创新活动对政协工作效率质量提升带来的好处。

刚才你问到设立重点关切问题情况通报会,这也是一项创新协商议政活动。围绕重大关切问题,我们请中央部门负责同志介绍情况、回应问题,帮助委员学习了解有关情况,把握大政方针,更好地知情问政。这样的情况通报会是互动的,委员们在这个会上提出很多问题,把社会关注的一些问题和一些意见建议向有关部门提出和反映。在这样的活动中,也有助于委员更好地向社会开展宣传解读、增进共识。我参加过很多次这样的活动,如关于西部大开发情况通报会,还有关于农村宅基地制度改革情况通报会等。这些通报会都很生动和有意义。

政协的一系列创新举措进一步提升了协商议政的质量,委员提出的意见建议更具针对性操作性,很多都转化为政策举措,有力推动了相关工作的开展。我给大家介绍一些例子,比如经济委员会这些年来围绕着改善营商环境、帮助中小微企业的发展开展调研和协商议政。他们2020年走访了130多家企业,梳理了115个问题,形成了一份高质量的报告。国务院有关部门非常重视,建立了工作台账,请30多个部门围绕这115个问题逐项提出工作措施,对推进工作发挥了很好的效果。

去年经济委员会围绕开展民主监督把"持续优化营商环境"作为一个主题,他们通过自主调研、集体调研,还委托7个省区市政协组织和委员帮助一起调研,涉及 1700 多家企业。同时通过全国工商联开展问卷调查,涉及数万家企业,了解他们存在的主要困难和问题,有哪些意见建议,形成了很好的报告,引起国务院领导、国务院有关部门的重视。今年 1 月份,国务院有关部门来政协和委员们一起商量梳理,研究如何推进有关问题的解决。我们各个专门委员会都有很多这样的例子,我就不展开讲了。

《人民政协报》记者:中国人口老龄化已经引起国内外的广泛关注,媒体报道全国政协围绕人口老龄化开展了不少工作。请问成效如何? 具体有哪些建议?

郭卫民:积极应对人口老龄化,建设老年友好型社会,是全社会高度关注、关系到国家长远发展的一项重大任务。党中央高度重视,习近平总书记多次作出重要指示和批示,各地区、各部门努力开展工作,应该说这项工作取得了积极进展。

去年,全国政协围绕这项工作开展了一系列的协商议政活动。相关的专门委员会召开了专题协商会,举办了论坛,还通过视频连线国外专家,了解国际上关于社区居家养老方面的有益经验和发展动向。委员们还通过专题调研、提案、网络主题议政、座谈等多种形式,围绕健全多层次养老保障体系,大力发展"银发经济",充分发挥老年人积极作用等建言献策,许多意见建议都被政府部门吸收采纳。

特别是围绕"加快推进社会适老化改造"开展专项民主监督,有两位政协副主席分别带队,前往湖南、四川两省的 6 市 19 个县区开展专题调研。民主监督工作中,既察看养老政策的落实情况,也察看适老化设施设备的建设情况怎么样。尤其是围绕老旧小区的电梯安装、公共场所无障碍、老年人智能设备应用等三项重点工作了解情况,这三项工作都是适老化改造的重点。委员们走街入户,实地考察,无障碍设施都要走一走,安全扶手都要拉一拉,确认一下是不是无障碍、是不是真安全。着力推动适老化改造中的堵点、难点得到有效解决。在 8 个省区市和两个副省级城市,下发针对家庭、城乡社区及社会公众的调查问卷,摸清群众对社会适老化改造的现实需求。政协委员们结合调研结果,与国务院有关部门和地方政府负责人座谈交流,面对面通报情况、研究问题、商讨对策,促进适老化改造工作切实提升。适老化改造专项民主监督工作要持续 5 年,去年是第一年,全国政协会继续把这项工作做好。我们将会同各个方面共同努力,提升广大老年人的获得感、幸福感和安全感。

《中国日报》记者:在美国召开民主峰会前夕,中国发表了中国的民主白皮书,强调中国实行的是全过程人民民主。有舆论认为,中美在争夺民主话语权。请问您对此怎么看?政协在推进全过程人民民主方面发挥了哪些作用?

郭卫民:你主要提了两个问题,一个是关于美国民主峰会,还有一个是关于人民政协在推进全过程人民民主中的作用。美国在自身国内问题矛盾重重、美式民主饱受诟病的情况下召开所谓民主峰会,无非是为了拉帮结伙、打压他人、分裂世界,维护其霸权地位。我想指出,民主的样式是多元的,不是少数国家的专利。各国的民主制度应该由各国人民根据自己国家的国情来自主选择。适合的才是最好的。记者朋友们可能注意到了，最近有一家知名国际公关公司搞了一个民意调查，它的调查结果显示，在包括美国等西方国家在内的28个受访国中，中国的民众对政府的信任度是最高的，超过90%，这与美国公众对于本国政府的信任度不到40%，形成了鲜明的对比。有的西方国家社会治理乱象丛生，连本国人民也越来越不满，却试图把自己所谓的民主模式通过"颜色革命"等方式强加给别国，造成了严重的灾难。美国盗用民主旗号服务一己私利，世界人民已看得越来越清楚。公道自在人心。

中国在长期的发展建设中，形成了具有中国特色的社会主义民主政治制度。我们依法实行民主选举、民主协商、民主决策、民主管理、民主监督，走出一条发展全过程人民民主的道路，有力推动了经济社会长期发展、人民生活持续改善、社会文化不断进步。

你刚才问到了人民政协在中国全过程人民民主制度中的作用，人民政协作为社会主义协商民主的重要渠道和专门的协商机构，是发展全过程人民民主的重要制度安排。人民政协集协商、监督、参与、合作于一体，在民主协商中推动科学决策、民主决策；通过多种协商形式和平台有效建言咨政，广泛凝聚共识。我刚才也举了一些例子。全国政协设34个界别，涵盖了各民主党派和无党派人士、各主要人民团体、56个民族、5大宗教，这样的界别特点和委员构成，能够有效保障各党派、各团体、各民族、各阶层、各界人士共商国是，推动实践广泛有效的人民民主。人民政协把协商民主贯穿履职全过程，对实现全链条、全方位、全覆盖这样的全过程人民民主发挥了重要作用，彰显了中国式民主的独特优势。我觉得如果我们对人民政协协商民主的情况了解得越多,就会帮助我们对中国特色社会主义的民主制度、对全过程人民民主了解得越具体、越生动、越深入。

凤凰卫视记者:我们非常关注的是香港的疫情,因为现在香港疫情十分严重。我知道港区全国政协委员也有人确诊,不能来京参会,不知道他们的缺席会对今年两会相关议题的讨论造成影响吗?在帮助香港抗击疫情以及恢复经济发展方面,全国政协做了哪些工作?同样受到疫情的影响,香港行政长官的换届选举这次也被推迟了,不知道发言人您如何看待完善香港选举制度之后出现的变化?

郭卫民:凤凰卫视问了一连串问题。我先回答你第三个问题。关于新选举制度之后的情况。去年,在新选举制度下,香港特别行政区成功举行了新一届选举委员会选举和第七届立法会选举,还将举行第六任行政长官选举。委员们认为,新选举制度使广大香港同胞当家作主的民主权利得到体现,"爱国者治港"原则得到落实,社会各阶层各界别广泛、均衡参与的政治格局得到确立。实践证明,新选举制度符合"一国两制"原则,符合香港实际,为确保"一国两制"行稳致远、确保香港长期繁荣稳定提供了制度支撑。委员们认为,这是一套好制度。

你问到港区全国政协委员来京参加两会的问题,目前港区全国政协委员按照两会疫情防控要求,在落实疫苗接种、健康监测、核酸检测等措施后,符合疫情防控要求的委员将到京参加全国政协十三届五次会议,有些委员已经陆续到了,有些还在路上。大会相关工作组已经收到港区委员提交的提案和大会发言。也有部分委员因身体原因或疫情防控要求，不能来京参会，还有十多位港区委员正奋战在香港抗疫一线。他们都已按程序履行了请假手续。不能到京参会的港区委员，将通过线上方式及时了解大会情况、提交提案和发言讨论，不会影响他们参与两会相关议题的讨论。

关于全国政协在香港抗疫、在促进香港经济社会发展方面开展的工作，我在此做一简要介绍。全国政协一直十分关注香港的经济社会发展。去年，全国政协紧紧围绕"加强港澳青少年爱国主义教育""共建粤港澳合作发展平台""便利港澳居民内地就业创业"等重要议题，通过组织召开双周协商座谈会、专家协商会、重点关切问题情况通报会等多种形式积极建言献策，广泛凝聚共识，为支持香港融入国家发展大局、推动香港长治久安和长期繁荣稳定发展发挥了积极作用。

确实，香港疫情形势异常严峻，对市民安全健康和经济民生带来严重冲击。习近平主席对香港同胞安全与健康、香港抗疫工作非常关心。中央政府和内地各有关方面正在全力开展支援香港抗疫的工作。全国政协和广大政协委员对香港疫情十分关注，通过不同方式积极支持香港抗击疫情。港区政协委员认真履职尽责，采取多种方式与香港各界一起同心抗疫，共克时艰，为香港早日战胜疫情发挥积极作用，贡献力量。我们相信，有中央的坚强领导，有全国人民的大力支持，香港特区政府和社会各界人士团结一心，众志成城，一定能够战胜疫情。

新华社记者：我的问题是关于科技创新方面的。近年来我国科技发展突飞猛进,但是在一些关键核心技术方面却受制于人,情况令人关注。我们知道全国政协有不少科技界的委员,请问如何看待这个问题?在促进科技自主创新方面开展了哪些工作?

郭卫民:的确,科技创新问题是我们国家发展的一个重大问题,也是全国政协协商议政的一个重要议题。讲到科技问题,我想到现在正在执行神舟十三号载人飞行任务的"太空出差三人组"正在太空遨游,我们向他们表示敬意。全国政协委员杨利伟告诉我们,空间站是国家级太空实验室,"三人组"创造了中国航天员在轨飞行时间最长等多项纪录,而且他们在太空开展了大量的空间实验,是具有里程碑意义的。

近年来,中国重大科技成果竞相涌现,"嫦娥""天问""羲和"向宇宙深处进发,量子信息、干细胞研究勇闯"无人区",5G、高铁点亮美好生活。在不久前举行的冬奥会上,无论是场馆建设还是赛事运行,包括服务领域都使用了很多高新技术和高技术产品。中国的科技发展取得了举世瞩目的成就。

同时,我们也深切感受到目前我国在关键核心技术领域还存在瓶颈问题,影响到产业链供应链的安全和我国经济社会的高质量发展。加快关键核心技术的攻关,刻不容缓。

全国政协充分发挥人才智力优势,围绕促进科技创新积极开展工作。一方面,许多政协委员在科技领域潜心攻关探索实践,政协委员很多都是科技研究部门、生产制作部门的中坚力量,很多都是院士,他们在第一线努力攻关。另一方面,政协组织广大委员就科技发展建言出力。去年全国政协先后召开专题议政性常委会会议、双周协商座谈会、界别协商座谈会,组织了专题调研和自主调研,围绕"强化国家战略科技力量"等一系列议题开展协商议政,深入讨论,集思广益。针对如何有效解决科技创新中的重点难点,委员们提出了很多很好的意见和建议,包括要处理好政府与市场在配置创新资源中的关系、要加强对年轻科技人才的扶植培养、积极主动融入全球科技创新网络等。一些意见建议得到了有关部门的重视、吸收和采纳,有力推动了相关工作的开展。

《中国青年报》记者:我们注意到,今年就业面临的压力很大,特别是高校毕业生首次突破千万。请问您怎么看待今年的就业形势? 在稳定和促进就业方面全国政协开展了哪些工作?

郭卫民:中青报记者问了一个关于就业的问题。确实,这是大家关注的一个重要问题,因为就业问题关系到千家万户。你讲到大学生就业,据统计,今年大学生毕业有将近 1076 万,这也是高于往年,确实是面临着较大压力。

对于这个问题,政协委员们也十分关心。去年,围绕着解决就业问题,政协委员的提案就超过了 110 件,包括涉及加强高校毕业生精准就业服务,重视新基建对就业岗位的影响、把稳就业放在突出位置等,并通过多种方式协商议政,研究讨论。

委员们认为,去年我国城镇新增就业人数、全国城镇调查失业率均好于预期,就业形势总体稳定。但是也正如记者刚才提问所说的,今年就业压力确实较大。当前,国内外经济形势依然复杂,不确定不稳定因素增多,我国面临就业总量大、结构性矛盾突出等问题。委员们认为,今年稳定就业也面临着一些有利条件,包括经济持续恢复和新产业新业态的蓬勃发展将不断创造新的就业岗位。党和政府高度重视就业问题,出台了一系列政策举措,相信这些政策举措将发挥重要作用。

围绕如何稳定和促进就业,政协委员们提出,要特别关注高校毕业生、农民工和困难人群这些重点群体,建议要加强精准帮扶,采取一些精准措施。对高校毕业生要拓宽就业渠道,同时合理引导预期,帮助他们实现市场化社会化就业;对农民工特别是脱贫人口,要打造一批劳务品牌,加强职业培训和权益维护,提高他们就业的稳定性,帮助农民工尤其是脱贫的农民解决就业问题,全国政协农业农村委在这方面也开展了大量工作。对困难人群,要实施就业援助,提供兜底,保障他们的基本生活。

今年全国政协将把就业问题作为协商议政的一项重点,要组织一次专题议政性常委会会议,围绕实施就业优先政策开展讨论,广谋良策、广聚共识。解决就业需要各方面共同努力,需要政府、社会、企业,包括准备就业的年轻人共同努力。我们也希望中青报和其他媒体积极开展工作,进行宣传报道。我们相信,只要各方共同努力,稳就业的目标一定能够实现。

新加坡《联合早报》记者:近年来保护主义加剧,美国等西方国家加大对华围堵力度,请问这是否会打乱中国对外开放的节奏?中国会如何坚持扩大对外开放政策?全国政协在中国的政治和外交方面又能发挥什么实质性的作用?

郭卫民:现在国际形势的确严峻复杂,国际社会亟待加强团结、共同应对挑战。在这样的形势下,我们也看到一些国家热衷于拉帮结派,搞"小圈子""小团体",以意识形态划界来分裂世界,他们的这些做法违背了世界潮流,不得人心。

对外开放是中国的基本国策。习近平总书记多次强调,"中国将继续扩大高水平对外开放"。全国政协有许多从事对外工作的委员,大家认为,近年来,我国出台一系列政策措施,对外开放不断取得新进展。我们放宽了市场准入,连续缩短外资准入负面清单;分批次设立了21个自由贸易试验区、建设海南自由贸易港;连续4年成功举办进博会;推动《区域全面伙伴关系协定》(RCEP)正式生效实施;积极推动共建"一带一路"高质量发展。这些都是一些对外开放的重大举措,此外还有很多。去年,中国实际使用外资达到了1.15万亿元人民币,再创历史新高。这充分说明了外国投资者对中国开放政策、营商环境和发展前景的信任。今后,我们还将采取切实步骤,不断扩大高水平对外开放,共同建设开放型世界经济。

你问到了政协在开展对外工作中的作用。全国政协十分重视推动对外开放工作。去年,"实行高水平对外开放"作为一项重要议题,被列入专题议政性常委会会议进行深入讨论;围绕金融领域开放、推进共建"一带一路"等议题召开了专题座谈会;以"高质量建设自由贸易试验区"为主题,组织重点关切问题情况通报会。外事委员会围绕"'十四五'规划对外开放重大举措落实情况"开展专项民主监督工作,为推动高水平对外开放提供助力,这项工作会持续五年。

刚才你提到政协的对外交往,去年全国政协克服疫情带来的不利影响,综合运用视频连线等多种方式开展工作,充分发挥政协在推动中外友好交流方面的作用。汪洋主席和全国政协其他领导同志出席了 50 余场视频会晤、国际会议等交流活动。全国政协有关部门与外国政府组织、相关机构、媒体智库等进行了大量的对话交流。通过这些活动,介绍中国的发展和对外政策,分享经验,交换意见,加深相互了解,增进彼此友谊,促进国家间务实合作取得新的进展。

中国新闻社记者:北京冬奥会已经圆满落幕,非常成功,得到国际奥委会、多国代表团团长和运动员的点赞。明天冬残奥会就要开幕了,大家很喜欢的"雪容融"就要上岗了。请问发言人对此有何评论?

郭卫民:中新社问了一个冬奥会的问题,我也很想说一下。北京冬奥会 2 月 20 号落下帷幕,圆满成功。中国克服新冠肺炎疫情影响,兑现了对国际社会的庄严承诺,向世界奉献了一届"简约、安全、精彩"的奥运盛会。北京冬奥会给我们留下了许多深刻印象和美好回忆。来自世界各地的年轻运动员在赛场上奋力拼搏,挑战极限,相互鼓励,团结友爱。工作团队和保障人员精益求精,倾心投入,确保奥运赛程顺利进行。数以万计的志愿者牺牲假期,夜以继日,用真诚热情、专业周到的服务赢得了广泛的赞誉。他们充满了青春活力,相互理解,携手努力,超越自我,追求卓越,完美诠释了奥林匹克精神。

我们一提到冬奥会,每个人都有很美好的回忆。来自各国的运动员,在赛后经常相拥而泣,或者是互相庆贺,或者是相互鼓励,我看到媒体报道的这样一种场面令人感动。还有很多默默无闻的人员,包括接待、餐饮、服务人员,雪道、冰场的清理人员,海关边检检疫人员,还有很多气象观测技术人员,技术保障、后勤保障人员等做了大量工作,他们是无名英雄。志愿者给我们留下了很深的印象。志愿者的一张张笑脸,不仅感动了国人,也感动了各国的运动员、国际友人,也给世界留下了很深的印象。

北京冬奥会也促进了不同文明的交流互鉴,推动了国际社会的团结合作,提升了人类共同应对全球挑战的信心和决心。北京冬奥会让冰雪运动走进千家万户,极大促进了中国冰雪产业发展,改善了举办地基础设施,为当地经济社会发展注入了活力。北京冬奥会不仅给中国,也给世界带来了欢乐,让我们对未来充满希望。

北京冬奥会的举办是各界人士辛勤工作、无私奉献、齐心努力的结果。政协有不少来自体育界的委员,也有很多来自科技、文化、医卫和新闻界的委员,大家通过不同的方式在参与。前期很多委员建言献策,在冬奥会举办期间,很多委员都工作在第一线,发挥了积极重要作用,为冬奥会成功举办贡献了智慧和力量。

明天,冬残奥会即将拉开帷幕,刚才记者说雪容融该上岗了。明天来自世界各地的残奥运动员将在赛场上奋力拼搏、绽放光彩,北京冬残奥会将展现残疾人运动员自强不息、顽强拼搏的精神风貌,对推动残疾人事业的发展会发挥积极作用。让我们像关注冬奥会一样关注冬残奥会,像喜爱冰墩墩一样喜爱雪容融。我们应该热情热烈地迎接雪容融上岗。我们一起为运动员加油,为冬残奥会喝彩,我们要进一步关心支持残疾人事业的发展,共同努力,在全社会形成尊重、理解、关心、帮助残疾人的良好氛围。

最后,我们预祝冬残奥会圆满成功,让我们携手共努力,一起向未来。

主持人:新闻发布会到此结束,谢谢大家。

全国政协十三届五次会议新闻发布会

附　录

全国政协十三届五次会议
举行新闻发布会

新华社北京 2022 年 3 月 3 日电　全国政协十三届五次会议新闻发布会 3 日下午在人民大会堂举行。大会新闻发言人郭卫民宣布,全国政协十三届五次会议将于 3 月 4 日下午 3 时在人民大会堂开幕,3 月 10 日上午闭幕,会期 6 天。

1 个多小时,密集的十几个问题。以网络视频方式举行的新闻发布会上,新闻发言人与中外记者隔空交流,就本次大会和政协工作相关情况回答提问。

牢记责任使命:围绕"国之大者"协商议政

梅地亚中心二层多功能厅,座无虚席。中外记者用手中的摄像机、相机、手机等设备,实时向全球传递发布会的最新情况。为有效防控疫情,本次新闻发布会沿用前两年做法,采用网络视频的形式举行，主会场设在人民大会堂，分会场设在梅地亚中心。

郭卫民介绍，考虑到疫情防控需要和会期安排，今年大会仍是邀请少量在京中外记者到人民大会堂现场采访，通过网络视频方式安排3场"委员通道"采访活动。此外，各委员驻地都设立了网络视频采访间。

2021年是具有里程碑意义的一年。郭卫民介绍，一年来，人民政协牢记责任使命，紧紧围绕"国之大者"深入协商议政，广泛凝聚共识，创新推进工作。

突出政协特色开展以中共党史为重点的"四史"教育；围绕"推进'十四五'规划落实，着力构建新发展格局"等议题召开两次专题议政性常委会会议；全年举办重要协商活动25次，开展视察考察调研82项，立案提案5000多件；开展灵活便利、务实高效的委员自主调研120余项……这一年里，全国政协汇聚团结奋进力量，更好服务发展大局。

"政协在国家治理体系中的作用进一步彰显，政协工作呈现出生动活跃、务实高效的良好局面。"郭卫民说。

全过程人民民主：政协工作
不断创新发展、提质增效

从网络议政、远程协商，到设立重点关切问题情况通报会，政协近年来不断创新协商形式，提升政协协商民主效能。

"人民政协作为社会主义协商民主的重要渠道和专门协商机

构,是发展全过程人民民主的重要制度安排。"郭卫民说。

郭卫民介绍,近年来,全国政协更加注重提高提案质量和办理,建立了主席、副主席领衔督办提案的工作机制,有效推动提案建议成果转化。

同时,研究制定了协商议政质量的评价工作办法;创设了专家协商会,组织专家委员和有关学者深层次研究重大战略性问题;建立了民主监督长效机制,10 个专门委员会各选定一个主题,连续 5 年围绕该主题开展专项协商式监督……

通过远程协商、网络议政,可以跨时空、跨地区同政协的基层组织和委员进行协商,有时甚至到了田间地头。"尤其在疫情防控的背景下,这样的方法既丰富了形式,也提高了效率。"郭卫民说。

委员读书活动广受关注。"通过读书不仅增长丰富了知识,而且提高了履职能力。"郭卫民表示。

设立重点关切问题情况通报会,是一项创新协商议政活动。"围绕重大关切问题,请中央部门负责同志介绍情况、回应问题,帮助委员把握大政方针,更好地知情问政。"郭卫民介绍,委员也在会上反映社会关注的一些问题,提出意见建议,形成互动。

一系列创新举措,进一步提升了协商议政的质量。委员提出的意见建议更具针对性、操作性,很多都转化为政策举措。

郭卫民举例说,围绕改善营商环境、帮助中小微企业发展,全国政协经济委员会 2020 年走访了 130 多家企业,梳理了 115 个问题,形成一份高质量的报告。国务院有关部门非常重视,请 30 多个部门逐项提出工作措施,对推进工作发挥了很好的作用。

"人民政协把协商民主贯穿履职全过程,对实现全链条、全方位、全覆盖的全过程人民民主发挥了重要作用,彰显了中国民主的独特优势。"郭卫民说。

紧扣经济发展议题:提出有价值的意见建议

围绕经济发展建言献策,是全国政协的一项重要任务。

针对需求收缩、供给冲击、预期转弱三重压力,有委员建议推动技术创新和产业变革,有效拓展国内需求,形成新的增长点和增长极;虽然外贸面临很大压力,但委员们指出,今年外贸运行有望保持在合理区间……

郭卫民介绍,全国政协充分利用人才荟萃、智力密集的优势,紧扣经济发展议题开展协商议政。"我们每个季度都召开宏观经济形势分析座谈会,深入分析研判一个时期宏观经济运行的特点和趋势,提出了许多有价值的意见建议。"

创新是引领发展的第一动力。郭卫民说,针对如何有效解决科技创新中的重点难点,委员们提出很多很好的意见和建议,一些意见建议得到有关部门的重视、吸收和采纳。

心系国计,也关注民生,政协委员把为民之心和履职之能紧密结合。

为积极应对人口老龄化,政协委员通过专题调研、提案、网络主题议政等多种形式,围绕健全多层次养老保障体系、大力发展

"银发经济"、充分发挥老年人积极作用等建言献策。

郭卫民介绍,特别是围绕"加快推进社会适老化改造"开展专项民主监督,促进了适老化改造工作切实提升。

就业问题关系千家万户。围绕解决就业问题,政协委员去年的提案超过110件,涉及加强高校毕业生精准就业服务、重视新基建对就业岗位影响、把稳就业放在突出位置等多方面。

"今年,全国政协把就业问题作为协商议政的一项重点,将组织一次专题议政性常委会会议,围绕实施就业优先政策开展讨论,广谋良策、广聚共识。"郭卫民说。

一起向未来:为构建人类命运共同体作贡献

先后向150个国家和13个国际组织提供了大量防疫抗疫物资,向34个国家派出37支医疗专家组,向120多个国家和国际组织提供了超过21亿剂疫苗……发布会上,郭卫民公布了这样一组中国抗疫援外的数据。

"中国还将继续加大对发展中国家的抗疫援助力度,为构建人类卫生健康共同体作贡献。"郭卫民说。

抗疫中可见担当。"正是由于中国采取了正确的防疫政策,我们率先恢复了经济增长,保障了全球产业链和供应链基本稳定。"郭卫民说。

抗疫中体现责任。"中央政府和内地各有关方面正在全力开展支援香港抗疫的工作,全国政协和广大政协委员对香港疫情十分关注,通过不同方式积极支持香港抗击疫情。"郭卫民表示。

据介绍,港区全国政协委员在落实疫苗接种、健康监测、核酸检测等措施后,符合疫情防控要求的,将到京参加全国政协十三届五次会议。"有部分委员因身体原因或疫情防控要求,不能来京参会,还有一些委员正奋战在香港抗疫的一线,他们已按程序履行请假手续,会通过线上方式及时了解大会情况,提交提案和发言,不会影响今年两会相关议题的讨论。"郭卫民说。

北京冬残奥会4日即将拉开帷幕。在这之前,北京冬奥会的成功举办,不仅给中国,也给世界带来欢乐,让大家对未来充满希望。

"让我们像关注冬奥会一样关注冬残奥会。"郭卫民说,"携手共努力,'一起向未来'。"

十三届全国人大五次会议
举行新闻发布会

新华社北京 2022 年 3 月 4 日电　十三届全国人大五次会议 4 日中午举行新闻发布会,大会发言人张业遂就会议议程和人大有关工作回答了中外记者提问。

张业遂介绍,本次大会 5 日上午开幕,11 日上午闭幕,会期 6 天半。

大会议程共有 10 项,包括审议政府工作报告等 6 个报告,审议《中华人民共和国地方各级人民代表大会和地方各级人民政府组织法(修正草案)》的议案,审议《第十三届全国人民代表大会第五次会议关于第十四届全国人民代表大会代表名额和选举问题的决定(草案)》的议案,审议《中华人民共和国香港特别行政区选举第十四届全国人民代表大会代表的办法(草案)》的议案,审议《中华人民共和国澳门特别行政区选举第十四届全国人民代表大会代表的办法(草案)》的议案等,目前各项准备工作已全部就绪。

张业遂说,2021 年是党和国家历史上具有里程碑意义的一年,也是人民代表大会制度历史上具有重大意义的一年。党中央首次召开人大工作会议,习近平总书记发表重要讲话,党中央印发关于新时代坚持和完善人民代表大会制度、加强和改进人大工作的意见,为做好新时代人大工作指明了方向、提供了遵循。即将召开的十三届全国人大五次会议,是我国进入全面建设社会主义现代化国家、向第二个百年奋斗目标进军新征程的重要时刻召开的一次重要会议,是我国人民政治生活中的一件大事。大会将以习近平新时代中国特色社会主义思想为指导,紧紧围绕党和国家工作大局,认真履行宪法和法律赋予的职责,完成大会各项任务。

会议期间将采取必要的疫情防控措施。坚持勤俭节约,反对铺张浪费,树立简朴务实的会风。大会将以网络视频方式组织新闻发布会、记者会、"代表通道"、"部长通道"等采访活动,积极支持代表接受视频采访。

全国人大及其常委会立法工作在提速的同时,更加注重提升质量和社会效果

关于2021年全国人大及其常委会立法工作,张业遂说,全国人大及其常委会围绕党和国家事业发展需要,加强重点领域、新兴领域、涉外领域立法,坚持科学立法、民主立法、依法立法,在立法提速的同时,更加注重提升立法的质量和社会效果。

在加强宪法实施和监督方面,主要是全面修改香港基本法附件一和附件二,形成一套符合香港法律地位和实际情况的民主选

举制度,维护宪法和香港基本法确定的香港特别行政区宪制秩序,确保"一国两制"行稳致远;制定监察官法,为正确行使监察权提供法律保障。

在贯彻新发展理念、推动高质量发展方面,主要是制定海南自由贸易港法,助力在法治轨道上打造我国开放型经济新高地;制定乡村振兴促进法,为全面实施乡村振兴战略提供坚实法律保障。

在健全国家安全法治体系方面,主要是制定反外国制裁法,完善反制裁、反干涉、反制"长臂管辖"的法律制度;制定陆地国界法,依法规范陆地国界管理制度;制定数据安全法,有效应对这一领域的国家安全风险与挑战。

在加强民生和社会领域立法方面,主要是制定反食品浪费法,杜绝"舌尖上的浪费";制定个人信息保护法,对过度收集个人信息、"大数据杀熟"等作出规范;制定噪声污染防治法,有针对性地解决人民群众关心的噪声污染突出问题。

"动态清零"不是追求"零感染",是要尽快把疫情控制住

张业遂说,"动态清零"是在坚持"外防输入、内防反弹"总策略、认真总结经验教训基础上提出的防控方针,主要包括三方面内容:一是及时主动发现传染源;二是快速采取公共卫生和社会干预措施,追踪管理密接人员等,切断传播途径;三是有效救治患者。这个做法的目标是通过快速精准的全链条防控措施,实现以最小

成本取得最大成效。"动态清零"不是要追求"零感染",而是要尽快把疫情控制住。

"虽然这些措施对生产生活产生一些影响,但这些影响是短期的,波及的范围是有限的。可以保证全国绝大多数地区和绝大多数人正常的生产生活。任何防控措施都会有一些代价,但同保护人民生命安全和身体健康相比,这些代价是值得的。"张业遂说。

张业遂表示,事实证明"动态清零"做法符合中国实际情况,路子是对的,效果是好的。无论从确诊、死亡的数字看,还是从经济发展的数据看,中国都是世界上防疫工作最成功的国家之一。中国在保持自身经济社会发展的同时,为维护全球产业链供应链的稳定畅通和世界经济的增长作出了重要贡献。

中国特色社会主义民主政治制度
是真实有效管用的民主

张业遂说,全过程人民民主是以习近平同志为核心的党中央在深化对中国民主政治发展规律性认识的基础上提出的重大理念。它有两个关键词:一个是"人民民主",一个是"全过程"。

人民民主是社会主义的生命,人民当家作主是社会主义民主政治的本质和核心。中国宪法规定,国家的一切权力属于人民;人民依照法律规定,通过各种途径和形式,管理国家事务,管理经济和文化事业,管理社会事务。

全过程是全体人民依法实行民主选举、民主协商、民主决策、民主管理、民主监督,保证人民当家作主具体地、现实地落实到国家和社会生活之中。

张业遂说,中国发展全过程人民民主不仅有完整的制度程序,而且有完整的参与实践。中国实行人民代表大会制度的政体,实行中国共产党领导的多党合作和政治协商制度、民族区域自治制度、基层群众自治制度等基本政治制度,巩固和发展最广泛的爱国统一战线,形成了全面、广泛、有机衔接的人民当家作主的制度体系。以宪法为核心的中国特色社会主义法律体系,包括选举法、代表法、全国人大组织法、立法法、监督法等一系列法律制度安排,为发展全过程人民民主提供了坚实的法律保障。

张业遂说,人民代表大会制度是实现我国全过程人民民主的重要制度载体。各级人大在发展全过程人民民主中承担着重要职责。要在党的领导下,扩大人民有序政治参与,加强人权法治保障,保证人民依法享有广泛权利和自由,保证人民的知情权、参与权、表达权、监督权落实到人大工作的各方面各环节全过程。要完善人大的民主民意表达平台和载体,把各项工作建立在坚实的民意基础上,推动实现好、维护好、发展好最广大人民根本利益。民主不是装饰品,不是用来做摆设的,而是用来解决人民需要解决的问题的。一个国家民主不民主,实践最有说服力,这个国家的人民最有发言权。实践证明,中国特色社会主义民主政治制度是根植于中国历史文化、符合中国国情、解决中国问题的真实有效管用的民主。

"民主是全人类的共同价值。世界上不存在完全相同的民主制度,也不存在适用一切国家的民主模式。民主没有最好,只有更好。我们愿在相互尊重的基础上,与各国交流互鉴,不断丰富和完善人类政治文明成果。"张业遂说。

将中国作为战略竞争对手的做法,
只会破坏中美互信与合作

谈到中美关系,张业遂说,去年11月,习近平主席同拜登总统举行视频会晤,就中美关系发展的战略性、全局性、根本性问题以及共同关心的重要问题进行了充分、深入的沟通和交流。

中方对美政策是一贯和明确的。一个稳定的中美关系既有利于中美各自发展,也有利于维护和平稳定的国际环境,包括有效应对气候变化、新冠肺炎疫情等全球性挑战。相互尊重、和平共处、合作共赢,应成为新时期中美正确的相处之道。

张业遂说,和平共处的关键是相互尊重,包括尊重各自选择的政治制度和发展道路,尊重彼此核心利益和重大关切,尊重不干涉内政、和平解决争端等国际关系基本准则。合作共赢符合两国和两国人民的根本利益,也是国际社会的期待。

"美国如何提升自身竞争能力是美国自己的事情,以中国发展为借口、将中国作为战略竞争对手的做法,只会破坏中美互信与合作,也必将损害美国自身利益。以意识形态划线,拉'小圈子',搞集团对抗,都有悖于时代发展潮流,也根本行不通。"张业遂说。

人大代表选举制度具有最广泛的普遍性、代表性，从根本上保证广大选民的选举权利

张业遂说，人民代表大会制度是中国的根本政治制度。各级人大代表是本级人民代表大会的组成人员，代表人民的利益和意志，依法参加行使国家权力。

中国共有五级人大代表，都由民主选举产生，每届任期五年。人大代表选举主要有几个特点：

一是实行直接选举和间接选举相结合的原则。按照上一轮换届选举的数据，中国共有各级人大代表262.3万，其中县乡两级人大代表247.8万，占代表总数的94.5%，他们都是按选区由选民一人一票选举产生。全国、省、市三级人大代表是间接选举，由下一级人大选举产生。

二是具有最广泛的普遍性。改革开放以来，中国已经进行了12次乡级人大代表选举、11次县级人大代表选举，选民参选率都在90%左右。目前，全国县乡两级人大换届选举已经接近尾声，超过10亿选民参加选举。

三是具有最广泛的代表性。选举法规定，各地区、各民族、各方面都要有适当数量的代表，对基层代表特别是工人、农民、专业技术人员代表，妇女代表、少数民族代表等，都有明确要求。人大代表有各自的生产和工作岗位，既代表人民参加对国家事务的管理，又做好本职工作。

四是充分体现最广大人民的意愿,从根本上保证广大选民的选举权利。通过无记名投票、差额选举、组织代表候选人与选民见面等一系列制度安排,保证选民可以按照自己的意愿选出信任的人。

中国不存在所谓"经济胁迫"问题

一个中国原则是国际社会普遍共识和公认的国际关系准则,是中国同所有国家发展双边关系的政治基础。

张业遂说,1991年,在中国与立陶宛签署的建交公报中,立陶宛政府承认中华人民共和国政府是中国的唯一合法政府,台湾是中国领土不可分割的一部分,明确承诺不和台湾建立官方关系和进行官方往来。去年11月,立陶宛政府宣布允许台湾当局设立所谓"驻立陶宛台湾代表处"。这严重违反一个中国原则,违背立方在中立建交时所作的政治承诺。中国政府对此作出坚决回应,是完全正当的、必然的。目前中立两国关系出现的问题责任完全在立方。

"在国际贸易中,中国一向主张遵守世贸组织规则,营造公平竞争的市场环境,从不歧视任何国家、任何企业,不存在所谓'经济胁迫'问题。"张业遂说。

张业遂表示,欧盟在世贸组织提起诉讼不具有建设性。中方希望欧盟采取客观公正立场,不要将中立之间的问题扩大化或上升至中欧关系层面。

中国坚持把发展中国家作为疫苗合作的主要伙伴

谈到疫苗国际合作,张业遂说,疫情暴发初期,习近平主席就郑重宣布,中国新冠疫苗研发完成并投入使用后,将作为全球公共产品。之后,习近平主席进一步提出了全球疫苗合作行动倡议,表示要确保疫苗作为全球公共产品得到公平分配,特别是让发展中国家获益。

到目前为止,中国已经向 120 多个国家和国际组织提供超过 21 亿剂疫苗,占中国以外全球疫苗使用总量的三分之一,是对外提供疫苗最多的国家。这些国家中绝大多数是发展中国家。中国提供的疫苗为很多发展中国家构筑免疫屏障、恢复社会生活发挥了重要作用,增强了发展中国家抗疫的能力、信心和决心。

张业遂说,中国将继续坚持把发展中国家作为疫苗合作的主要伙伴。近期,习近平主席宣布将再向非洲国家提供 10 亿剂疫苗,其中 6 亿剂为无偿援助,4 亿剂以中方企业与有关非洲国家联合生产等方式提供,助力非洲国家实现非盟确定的 2022 年 60% 非洲人口接种疫苗的目标;再向东盟国家提供约 1.5 亿剂的疫苗无偿援助。

张业遂说,中国一直高度重视并积极推动疫苗研发、生产、分配的国际合作。中国一些企业已同多个发展中国家合作生产并灌装疫苗,同多个发展中国家签署联合生产疫苗协议,初步形成了超过 10 亿剂的年产能。

中国的反外国制裁法突出的是一个"反"字

关于反外国制裁法,张业遂说,通过立法反制外国制裁、干涉和"长臂管辖",是很多国家的通常做法。中国的反外国制裁法是一部指向性、针对性很强的专门法律,突出的是一个"反"字。中国不惹事,但也不怕事。对那些动辄挥舞制裁大棒的霸凌行径,中国通过反外国制裁法等法律手段,坚定维护国家主权、安全、发展利益,保护中国公民、组织的合法权益。

中国一贯主张在坚持和平共处五项原则的基础上,发展同世界各国的友好关系,一贯反对霸权主义和强权政治。中国的反外国制裁法是应对遏制打压的防御措施,与一些国家的"单边制裁"有本质区别。

促进世界和平团结合作

——海外专家学者点赞中国外交政策和实践

新华社北京 2022 年 3 月 8 日电　综合新华社驻外记者报道：十三届全国人大五次会议 7 日在人民大会堂举行视频记者会，国务委员兼外交部长王毅就中国外交政策和对外关系回答中外记者提问，受到海外普遍关注。受访多国专家学者认为，中国始终维护世界和平，促进团结合作，推动全球发展，中国的外交政策和实践令人称赞。

维护世界和平　体现大国担当

肯尼亚国际关系问题学者卡文斯·阿德希尔表示，中国始终做世界和平的建设者，一直在用行动坚守并践行真正的多边主义，坚定走和平发展道路，坚定维护联合国在促进世界和平与发展方面发挥的重要作用，体现了负责任大国的担当。

叙利亚政治专家马希尔·伊赫桑认为，多年来中国始终致力于促进世界和平与发展,坚定维护多边主义,推动构建人类命运共同体,中国的外交实践对于维护国际秩序和世界稳定发挥着非常重要的作用,在当前动荡不安的国际形势下尤其具有重要意义和深远影响。

匈牙利罗兰大学北约问题专家塞拜尼·盖佐表示,中方对防止乌克兰出现大规模人道主义危机提出六点倡议,表示愿意提供帮助和斡旋,表明中国在劝和促谈方面作出的重要努力。

阿联酋沙迦大学人文社科学院教授柴绍锦说,中国外交政策强调和平与合作,道出了世界大多数国家和人民的心声。中国尊重中东地区国家的独立自主和区域合作,鼓励地区各国探索自主发展道路,为中东地区实现安全稳定提供了中国智慧。

克罗地亚前外长普希奇说,中国坚持独立自主的和平外交政策,在国际关系中发挥着举足轻重的作用,对世界产生积极影响,为全球发展作出重要贡献。

促进团结合作　携手应对挑战

津巴布韦中非经济文化交流研究中心研究员德拉米尼表示,世界是有机的统一体,一旦冲突和灾难发生,任何国家都不可能置身事外。只有认识到团结合作的重要性,才能更好地增进全人类的福祉。

柬埔寨贝尔泰国际大学资深教授约瑟夫·马修斯说,各国应增进团结,坚持多边主义。在多边主义旗帜下,各国可以携手应对新冠疫情、气候变化、环境污染、恐怖主义和极端主义等全球性挑战。这些问题无法由一个国家单枪匹马解决，合作是解决这些问题的关键。

孟加拉国议会议员埃纳姆·哈克表示，中国在加强区域和国际互联互通、支持世界各国应对新冠疫情方面发挥了积极作用。孟加拉国非常乐于与中国发展伙伴关系，与中国的合作对孟有很大帮助。

塞尔维亚议会塞中友好小组主席奥布拉多维奇说，中国的支持和帮助助力塞尔维亚抗击新冠疫情，与中国的合作促进塞尔维亚经济发展，提高了当地人民的生活水平。

斯里兰卡战略研究与冲突预防专家萨米塔·黑蒂格认为，从全球气候变化到地区危机，当今世界所面临的问题无一不提醒着我们，需要以对话、团结和共同议程来实现发展。

推动全球发展　实现互利共赢

巴西瓦加斯基金会教授、巴中研究中心主任埃万德罗·卡瓦略表示，中国将外交理念转化为具体行动，中国提出的全球发展倡议有利于促进国家间的合作和世界人民之间的友谊，并将对落实联合国 2030 年可持续发展议程发挥积极作用。

喀麦隆蒙塔涅大学教授艾蒂安·德玛努说，中国提出的和平发展、促进共同繁荣、共建"一带一路"等理念和倡议让非洲获益，非洲期待同中国发展更多的合作项目，不断同中国实现互利共赢。

柬埔寨 21 世纪海上丝绸之路研究中心主任涅占达里表示,疫情之下柬埔寨不少行业都受到严重冲击,"一带一路"项目已成为柬经济发展的"稳定器",并将继续发挥至关重要的作用,有力推动后疫情时代柬经济复苏。

智利发展大学国际问题研究中心主任李昀祚认为,推进落实全球发展倡议非常重要,这一倡议将助力落实联合国 2030 年可持续发展议程,同时也为拉美国家提供了难得的发展机遇。

视频索引

责任编辑:池　溢

封面设计:肖　辉　汪　阳

版式设计:汪　阳

责任校对:陈艳华

图书在版编目(CIP)数据

2022全国两会记者会实录/新华社中央新闻采访中心 编.—北京:
人民出版社,2022.3
ISBN 978－7－01－024628－4

Ⅰ.①2… Ⅱ.①新… Ⅲ.①新闻报道-作品集-中国-当代②全国人民
代表大会-文件-2022-学习参考资料③中国人民政治协商会议-
文件-2022-学习参考资料 Ⅳ.①I253.1②D622③D627

中国版本图书馆CIP数据核字(2022)第039953号

2022全国两会记者会实录

2022 QUANGUO LIANGHUI JIZHEHUI SHILU

(视频书)

新华社中央新闻采访中心　编

人民出版社 出版发行

(100706　北京市东城区隆福寺街99号)

北京中科印刷有限公司印刷　新华书店经销

2022年3月第1版　2022年3月北京第1次印刷

开本:710毫米×1000毫米 1/16　印张:7.5

字数:77千字

ISBN 978－7－01－024628－4　定价:32.00元

邮购地址 100706　北京市东城区隆福寺街99号

人民东方图书销售中心　电话 (010)65250042　65289539